燕岳　殺人山行

梓　林太郎
Azusa Rintaro

文芸社文庫

目次

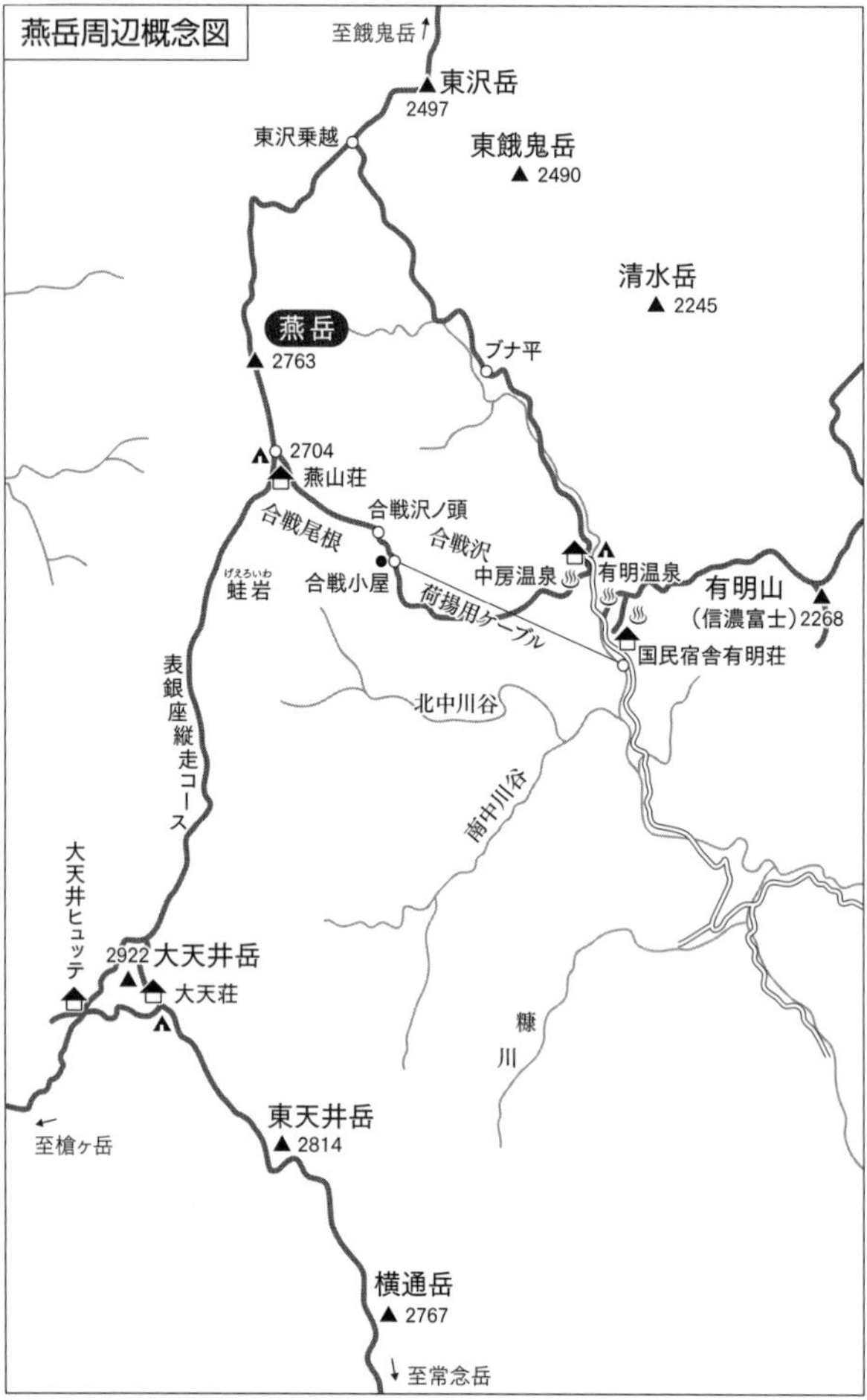
燕岳周辺概念図
至餓鬼岳
東沢岳
2497
東沢乗越
東餓鬼岳
2490
清水岳
2245
燕岳
2763
ブナ平
2704
燕山荘
合戦沢ノ頭
合戦尾根
合戦沢
合戦小屋
蛙岩《げえろいわ》
中房温泉
有明温泉
有明山
（信濃富士）2268
荷揚用ケーブル
国民宿舎有明荘
北中川谷
表銀座縦走コース
南中川谷
大天井ヒュッテ
2922
大天井岳
大天荘
糠
川
至槍ヶ岳
東天井岳
2814
横通岳
2767
至常念岳

1

十月五日夜、東京・銀座の繁華街で大惨事が発生した。飲食店の入っている六階建てのビルが焼け、五階と六階の六店のクラブの客と従業員三十四人が死亡、四十五人が怪我、二人が行方不明だという。

この事件を新聞で知った長野県警豊科《とよしな》署の刑事課員は、他人ごとではないといって、声高に話し合った。

「松本にも、小さな飲み屋が何軒も入っているビルがあるよな」

黒縁メガネを掛けた牛山《うしやま》刑事がいった。

旧・豊科町（現・安曇野市）は松本市に隣接している。松本には通称「裏町」と呼ばれている繁華街があり、そこで飲み食いしたことのある警察官も少なくないはずだ。

「牛山は、裏町へよく行くのか？」

四賀《しが》刑事課長が新聞から顔を上げた。

「よくなんか行きません。行ったことがあるというだけです」

「東京の銀座へ行ったことはあるのか？」

「ありません。そこのバーやクラブで飲んだことはありませんが……。道原《みちはら》さんと伏見《ふしみ》は、飲んだことがあるよな」

「事件捜査で行ったんだ」

道原伝吉《でんきち》刑事は横の伏見刑事に顔を向けた。伏見はうなずいた。道原は四十六歳で巡査部長。伏見は巡査である。歳上や同年の者からは「伝さん」と呼ばれている。伏見と牛山は二十七歳で巡査である。道原と伏見は、事件捜査でコンビを組む。東京へはたびたび出張し、銀座や新宿・歌舞伎町のクラブやスナックに入ったこともある。いずれも捜査の聞き込みのためだ。

道原は、銀座と歌舞伎町の夜の風景を頭に浮かべた。よくもこれだけの人が集まるものだと驚くほど、どの通りも人が列をなしている。ただ、銀座と歌舞伎町では、歩いている人たちの年齢や服装も異なっている。新宿のほうが圧倒的に若く、銀座よりも喧騒である。細いビルに突き出しているネオンの色もけばけばしく、原色の街の風情がある。

銀座のビル火災惨事の十日後の十月十五日、北アルプスから一件の通報が豊科署に飛び込んだ。通報は、燕岳《つばくろ》近くの山小屋・燕山荘《えんざん》からだった。燕岳に登った登山パーティーが、稜線上の花崗岩塔のあいだで、男性の遺体を発見したというのだった。通報の電話を受けた係官は遭難者とみて、山岳遭難救助隊に電話をまわした。

救助隊の主任が電話を代わり、遭難者発見地点と、遭難者の状態をきいた。山小屋の支配人は、遺体を発見した登山パーティーのリーダーに電話を代わらせた。

「燕岳山頂から北燕岳へ二、三〇メートル寄った、稜線の東側です」

リーダーは氏名をいってから答えた。やや高い声の男だった。

「死亡していることが分かりましたか？」

主任はきいた。

「近くに寄って声を掛けましたが、返事がありません。それに……」

「それに？」

「口から血を流していますし、周りの白い岩に血がついています」

「口から血を……。岩の上から転落でもしたようですか？」

「さあ、分かりません」

「亡くなっているのは、男性にまちがいないですね？」

「男です」

「服装と装備品はどんな色ですか？」

「ええと、ザックはたしか紺色でした。同じような色のジャケットを着ていたと思います」

リーダーの答えは自信なさげだった。

主任は、遺体発見者であり通報者であるリーダーの住所をきいた。東京の人だった。三人パーティーで、きのうの午後、燕山荘に着いて一泊し、きょうは表銀座コースを西岳に向かい、あすは槍ケ岳に登る計画だといった。

「気をつけて行ってください。ご苦労さまでした」

主任は電話を切ると、刑事課へ走った。

「おロクさんは口から血を流しているし、周りに血痕が散っている。……気になるねえ」

主任の報告を受けると、道原は額に手を当てたが、鑑識係に連絡した。燕山荘に天候を問い合わせると、薄陽《うすび》で微風ということだった。県警本部に連絡して、ヘリコプターの出動を要請した。午前九時十五分だった。

道原と伏見と牛山は、登山装備をととのえた。彼らは季節に合った登山装備をロッカーに収めているのだ。

鑑識係からも三人が出る。救助隊員四人が同行することになった。

ヘリは中房川《なかぶさ》に沿って遡《さかのぼ》った。糸のように細い支流が光っている。右手に信濃富士と呼ばれている有明山《ありあけ》が突き出ていた。山あいにクネクネと蛇行する道路が見え、中房温泉がかすんでいた。ヘリは西に進路をきった。登山路が白く見え、登山者が黒い虫のように動いていた。

ヘリは燕山荘の北側で道原たちを降下させた。

燕山荘は、これが標高二六八〇メートルに建つ山小屋かと思うほどの立派な建物で、六百人を収容する。夏の最盛期はかなりの登山者でにぎわう。稜線の左に白く風化した岩峰群があった。

救助隊員を先頭に道原たちは約二十分登って、二七六三メートルの燕の山頂を越えた。

遺体の男性は、黒い手袋をはめ、濃いグレーのジャケットを着て横を向いていた。通報者がいったとおり口から血を流している。白い岩の数か所に血痕が散っていた。

全員が遺体に向かって合掌した。

鑑識係が遺体の脇にしゃがんだ。

道原は遺体の男を、四十歳から四十半ばだろうと見当をつけた。顔は汚れていて蒼黒く見えた。けさは顔を洗わなかったようだ。

「死後どのぐらい経っている?」

道原が鑑識係にきいた。

「五、六時間といったところじゃないでしょうか」

「死亡したのは、けさか」

道原は岩肌に散っている血痕に目を近づけた。長時間を経ていないことがその色で判断できた。

「顔や首には外傷はありません」

鑑識係がいった。

口から血を流しているのは、腹か背中を強打したからではないか。考えられるのは、岩塔に登って墜落したことだが、遺体のすぐ近くには、落ちたら死ぬような高さの岩塔はない。血痕の散っている範囲は、遺体の約三メートル四方だった。死亡している男は、腹か背中を強く打って、血を吐きながら数メートル動いて事切れたということではないか。

遺体とは三メートルほど離れたところに紺色の大型ザックがあった。ザックにはツエルトのフレームが結《ゆわ》えつけてある。幕営《ばくえい》登山か、縦走中に雨に降られた場合の用意に、簡易テントを携行したということなのか。

ザックのポケットをしらべたが、身元の分かる物は入っていなかった。ザックの中身を出した。一番上は水色のツエルト。それには双眼鏡が包まれていた。厚手のシャツ、セーター、靴下三足、タオル一枚。パンとサラミソーセージとタバコが入っていた。燃料や炊事用具はない。このことから推して、彼は幕営登山ではなかったらしいという見当がついた。ツエルトは、天候急変などの場合の避難用だったのか。

「ザックの中身が軽すぎると思わないか？」

牛山が、中身を取り出した伏見にいった。

「おれもそう思ったところだ。それに持ち物が全部新品だ」

「初めての山行《さんこう》で、一泊の計画だったのかな」

「着替えの下着類を持っていないところをみると、縦走計画じゃなかったんだな」

「カメラも入っていない」

遺体が着ているジャケットのポケットをしらべた。小型のタオル、ポケットティッシュ、タバコにライター。ズボンのポケットには、黒の二つ折りの財布があった。それは使い古した物で、現金七万二千円が入っていた。小銭入れはなく、ポケットに直《じか》に六百七十円が入っていた。財布にも身元の分かる物は入っていなかった。

「名刺一枚持っていない登山者は珍しいな」

伏見が出した物を見て道原がいった。

ツエルトを携行しているところは用意のいい人のようであるが、ザックの中身はたしかに少ない。予備の下着類を携行していない点からみて、一泊登山だったのは確実のようだ。それにしてもカメラをザックに入れていない登山者はめったにいない。燕岳には何回も登っていて、あらためて写真を撮る必要を感じなかったのだろうか。写真よりも双眼鏡で遠方を望むつもりだったのか。それにしては、装備品のすべてが新品というのは妙である。

「死因が不明だ。解剖してもらおう」

道原が鑑識係にいった。

四人の救助隊員は、遺体の周りを這っていた。遺体の男性が落とした物がないかをさがしたのだった。

急に山が暗くなった。灰色の雲が稜線に沿うように南に流れはじめた。

遺体を毛布に包んだ。

迎えのヘリがやってきた。遺体を乗せ、鑑識係が同乗した。

刑事と救助隊員は、粗い花崗岩砂を踏んで燕山荘へ下った。風が出てきた。灰色の雲が広がり、蒼空は見えなくなった。

登山者の出払った山小屋はがらんとしていた。夏場とちがい、昨夜の宿泊者は七十二人だったという。

遭難者はどんな人だったかと、支配人にきかれた。四十代の中肉中背の男性で、紺色のザックを背負っていた、と道原は答えた。

「ゆうべ、単独で泊まった登山者は何人いましたか？」

道原はきいた。

支配人は宿泊カードを繰った。単独行は六人いた。いずれも男性だ。山小屋の宿泊カードは登山計画書を兼ねている。六人のうち二人は、燕岳に登ったあと中房温泉へ下山。二人は燕山荘から直接中房温泉へ下る。二人は大天井《おてんしょう》岳を経て槍ケ岳へ縦走、としてあった。

死亡した男性は、燕岳に登ったあと中房温泉へ下山、と記入している二人のうちの一人ではないかと思われたが、二人とも三十代だ。死亡していた男性は、どうみても四十代だった。単独行の六人のうち四十代は二人いた。一人は山小屋から直接中房温泉へ下り、一人は槍ケ岳へ縦走となっている。

六人の宿泊カードをコピーしてもらった。この中に死亡した男性がいそうな気がした。もしもいなかったとしたら、幕営したことになる。そこで昨日のキャンプ申し込み者をしらべてもらった。キャンプしたのは二組だけだった。

この辺が夏場とはちがっている。その二組は、四人と六人のパーティーだった。二組とも、「大天井岳経由槍ケ岳」と登山計画を記入している。パーティー登山で、メンバーの一人が死亡したのに、それを放置して山行をつづけることは考えられない。もしも病人や怪我人が出たら、山小屋に届けたはずである。

道原は念のために、キャンプの二組の申し込み書もコピーしてもらった。

2

夕方、道原たちが署に帰るのを待っていたように雨が降りはじめた。気温が下がった。山は雪だろうと思われた。

燕岳で死亡していた男のザックの中身とジャケットを、鑑識係と一緒にあらためて入念に点検した。

中身を出してテーブルの上に並べた。ザックも新品だがツエルトもジャケットも新しい。茶革の山靴も今回の山行のために買ったようである。

「双眼鏡も、シャツもセーターも新品ですね」

伏見がいった。

新品でない物は、ジャケットのポケットに入っていた正方形のタオルと赤い百円ライターだった。タオルにはホテルのネームが入っている。利用したホテルから持ち出した物ではないか。

水色のツエルトを広げてみた。砂粒がテーブルに落ちた。地面に当たる部分が汚れていた。新しいが使ったことの証明だった。ザックに結えつけられていたツエルトのフレームの先端に、道原は目を近づけた。地面に突き刺した部分に疵《きず》があった。そこへルーペを当てた。縦に何本か条《すじ》がある。地面に突き刺した跡だった。

「ゆうべは、このツエルトに寝たんじゃないかな」

道原はルーペを当てながらいった。

「キャンプの申請は二組の十人で、単独行はいませんでしたが」

伏見もフレームの先端の尖った部分に目を近づけた。

「キャンプの申し込みをしなかったんじゃないか」

「ツエルトを持って登ったということは、登山の初心者じゃないですね」

「ベテランかどうか分からないが、何回かは登山を経験している人だろう」

「寝袋を持っていませんね」

牛山だ。

「ゆうべはおそらく、寒くて眠れなかっただろう。燃料もコンロも持っていないし」

「カメラはないけど双眼鏡を持っていた。初めからカメラを持っていなかったんでしょうか?」

伏見が首を傾げた。

「写真を撮る意思がなかったんじゃないかな」

「燕には何回も登っていたからでしょうか?」

「どうかな？」

道原も首を曲げた。

登山経験のある人なら、ザックでも靴でもツエルトでも、使いならした物が一点ぐらいありそうなものだが、この男は今回の山行のために登山装備を買いそろえたようである。ザックの中に入れていた三足の靴下も使ったあとのない物だ。

身元不明のこの男は、いつ入山したのか。洗面用具もカミソリも持っていないが、髭はそう伸びていなかった。その点から推測すると、きのう入山し、燕岳付近で幕営したように思われる。炊事用具を持っていないから、パンやソーセージなどの食料で腹をふくらませていたにちがいない。

昨夜、単独で燕山荘に泊まった六人のうち四十代の二人の安否を確かめることにした。一人は四十四歳で、住所は東京・八王子市。山小屋から直接中房温泉へ下り帰宅、と登山計画書に記入している。一人は四十二歳で、住所は千葉市だ。この人は槍ケ岳へ縦走としてある。きょうの行程は西岳泊まりだろうと道原は見当をつけ、ヒュッテ西岳へ電話した。表銀座縦走路は燕岳から南下するが、標高二七五〇メートルの西岳で西方向へ直角に折れ曲がる。この直角の頂点にヒュッテ西岳は建っている。

名前をいうと、山小屋の主人が、その人はたしかに到着していると答えた。すでに夕食がすんでいるころだろうと思われた。本人を呼んでもらった。警察からの電話に、なにごとかと驚いているにちがいなかった。

男は小さな声で応じた。

「無事到着していることが確認できれば、それで結構です」

道原はいった。

「なにかあったんですか？」

男はきいた。

「けさ、四十代と思われる男の人が燕岳で亡くなって発見されましたが、身元が分からないものですから、昨夜、燕山荘に泊まった方に問い合わせしているんです」

「そうですか。私には異状はありません」

「それはなによりです。あしたは槍ケ岳でしょうが、気をつけて登ってください」

男は疲れているのか、元気のない声で、「ありがとうございます」といった。

住所が八王子市の人は、そろそろ自宅に着くころだろうと思い、電話を入れた。細君らしい人が応じ、たったいま八王子駅に着いたと夫から電話があったので、二十分ぐらいで帰るはずだといった。

「主人に、なにかあったのですか？」

「いや。無事お帰りになったかどうかを確認したまでです」

道原は、念のために三十分後に電話することにした。

再度電話すると、男が直接応じた。

道原は帰宅を確認した理由を簡単に説明した。

「あなたはけさ、燕岳に登りましたか？」

「いいえ。燕岳にはきのう登り、けさは山小屋から直接中房温泉へ下りました」

男は几帳面《きちょうめん》な性格らしい答えかたをした。

あとの四人とも連絡がとれ、全員無事であることが確認できた。昨夜、燕山荘近くで幕営した二組のパーティーにも連絡をとった。いずれのパーティーのリーダーも、

「メンバーには怪我をした者も、体調を崩した者もいません」と答えた。

それでは、死亡していた男はいったいどこの誰なのか。彼はツエルトを張って、その中で一夜を明かしたのか。だから燕山荘に宿泊該当がないのだろう。燕岳付近で幕営したが、燕山荘にキャンプの届け出をしなかったものにちがいない。山中のどこで一泊しようと勝手だとして、届け出しなかったのか。

道原はある山男を一人知っている。彼と同い歳の四十六歳だが、四十代前半までは単独山行のたびにツエルトを携行していた。独り歩きの山歩きが好きで、めったに山小屋を利用しなかった。ツエルトを背負って登るのは、どこでも好きな場所で夜を明かすことができるからだった。無謀登山の誹《そし》りを受けてはいたが、山歩きに疲れれば、何時であろうとツエルトを張って、その中でごろりと横になる。急に雨に遭ったりす

ればツエルトを張る。「こんなに安全な登山はない」と彼はいっていた。

「山小屋利用を当てにするから、天候が急変して強い雨に打たれても、三時間も四時間も歩かなくてはならない。それはきわめて危険な行為だ」というのが彼のいいぶんだった。彼は二十数年、ツエルトを背負って単独登山をつづけていたが、一度も怪我や発病したことはなかった。不便なことは、最低限の食料と炊事用具と寝袋を背負って歩かなくてはならないことだった。多少の体力の衰えを知ってか、二年前に単独山行をやめている。

3

翌朝、身元不明の男性の解剖結果が発表された。これをきいた豊科署の刑事課は色めき立った。

男性は、胸と腹と背中を強打されたのが死亡原因だった。凶器は、ゴツゴツした四角形または円形の物ということになった。いわゆるバットのような棒状の物ではないという。そこで考えられるのは岩だった。遺体発見現場には人頭大の岩がいくつも落ちていた。持ち上げられる岩を凶器にしたことは充分考えられた。高低差のある場所から墜落した場合、胸や腹を強打して死にいたることは珍しくないが、背中にも打撲傷が認められた。このことから男性は何者かによって、現場に落ちていた岩で胸や腹や背中を叩かれたものと判断され、殺人事件と断定した。死亡推定時刻は、十月十五日の午前五時か六時ごろ。

その時刻にはまだ登山者が燕岳に登らなかった。したがって凶行を目撃した人はいないのではないか。

十月十五日の燕岳の日の出は、午前五時五十五分ごろだ。たぶん男性は、日の出前に殺害されたものと思われる。

県警本部に連絡がとられ、豊科署に捜査本部が設けられた。ただちに捜査会議が開かれた。

「被害者は、単独で燕岳に登ったのでしょうか？」

県警本部から駆けつけた捜査一課長は、捜査員をひとわたり見てから道原のほうを向いた。今年の春、一課長に就任した色白の男である。銀色の縁のメガネを掛け、やや神経質に見える顔立ちだ。道原は何度も会っており、課長のほうも彼の実績を知っているはずだ。

「複数も考えられます」

道原は答えた。

「たとえば二人登山で、一方が加害者ということですか？」

「それも考えられます」

「仲間同士で登って、一方が加害者だったとしたら、被害者の身元が割れれば、ただちに加害者が分かりますね」

「仲間同士であれば……」

「仲間同士でないことも考えられますか？」

「単独行同士が、登る途中で知り合いになり、にわかパーティーになることもあります」

「うむ」

一課長はペンを動かした。「被害者は、幕営でしょうか？」

「ツエルトを持っていたこと、ツエルトに砂粒が付着しているし、フレームにツエルトを使用した跡のあることから、幕営はまちがいないと思います」

「しかし、寝袋も、燃料もない。この時季の寒さでは眠れなかったんじゃないでしょうか？」

「一晩ぐらいは眠らないつもりで登ったんじゃないでしょうか」

「近くに大きな山小屋があるのに、そこに泊まらなかった。なぜでしょうか？」

「十月十四日に燕山荘に宿泊した登山者の全員に当たったわけではありません。私は被害者を幕営とみていますが、もしかしたら山小屋に泊まったかもしれません」

「単独で泊まった人の身元や安否は確認ずみでしたね？」

「単独行については確認しましたが、複数登山の人たちについての身元確認はこれからです」

道原は、これから十月十四日の宿泊者全員の身元なり安否を確かめると答えた。

「道原さんは、被害者はツエルトを携行していたし、それを使用した痕跡があるので、幕営したものとみているということですが、ほかの装備で不審な点がありますか？」

「被害者がツエルトを携行している点から、登山が初めてとは考えられません。それなのに装備品のすべてが新品です。今回の山行のために買いそろえたとしか思われません」

「登山装備のすべてが古くなったので、今回の山行のために買いそろえたとしても、おかしくはないと思いますが？」

「セーターやシャツや靴下は、普段でも使える物です。そういう物まで新品という点がひっかかるんです」

「着衣と持ち物のすべてが新品。どういうことが推測できますか？」

一課長の首が動くたびにメガネが光った。

「たとえば旅行中、急に登山を思いついた……。いえ、急に山に登らなくてはならない事情が生じた。それで思いつく物を急遽《きゅうきょ》取りそろえたようにも思われます」

「自宅に帰って、既存の装備をととのえる時間がなかったということですね？」

「そうです。ですから装備は必要最小限にとどめたという気がします」

「急に山に登らなくてはならない事情とは、いったいなんでしょう？」

一課長は全員を見わたした。

四賀課長も道原も首を傾げた。

「持ち物の中で、どういう目的で持っていたのだろうと思われるような物はありませんか？」

「カメラがないのに、双眼鏡を持っていた点が気にかかります」

「遠方を見るためですね。カメラは必要ないが、双眼鏡は必要だったということですね。被害者が持っていた双眼鏡は、共同装備だったということは考えられませんか？」

「共同装備……」

道原はそこまでは考えなかった。共同装備だったとしたら、パーティー登山ということになる。個々に持つ必要がなく、分担して持っていた物ということだ。パーティー登山の場合、着替えや寝袋などは個人装備だが、たとえば燃料とか炊事用具は共同装備に入る。個々に携行する必要のない物は、メンバーが分担して背負う。ザックの重量を均一にするためだ。

一課長は被害者を、パーティーの一員だったのではないかとみたようだ。

捜査会議が終ると、手分けして十月十四日、燕山荘に宿泊した登山者全員の身元を電話で確認することにした。同日の宿泊者は七十二人。うち単独行の六人については確認できている。登山計画書によると、六十六人のうち約三分の一はまだ縦走中だ。燕岳から十五日中に下山しているはずの人たちに電話を掛けた。問い合わせ先は、自宅だったり、緊急連絡先と記入してある場所である。

約半数は本人が直接電話に応じた。家族が応じて、計画どおり帰宅したという確認がとれたケースもあり、勤務先の人が、「出勤しています」と答えたケースもあった。勤務先の人が答えたあと、本人が豊科署に、「どういう用件か」と問い合わせてきたケースもあった。

この問い合わせは十七日もつづけられ、同日の夜までに六十六人全員の帰宅を確認することができた。つまり未帰還者はいなかった。

これで燕岳で殺されていた男性は、十月十四日燕山荘に宿泊していなかったことも確かめられた。彼は十四日の夜、燕岳かその付近にツエルトを張って、一夜を明かしたのはまちがいなさそうだ。十五日早朝、ツエルトをたたんでザックに収め、燕岳に登った。双眼鏡で山々を眺めるつもりだったのか、山頂を燕山荘とは逆の北側に下りた。北側には燕岳に似た岩塔群の北燕岳がある。そこへ登るつもりだったのか、山頂を下ったところで、何者かに岩で胸と腹と背中を殴打されて死亡した。

　鑑識係が道原のデスクに寄ってきた。

「新しい発見がありました」

「なんだ？」

　道原は顔を上げた。

「被害者の手袋とジャケットに、被害者とは別人の血液が付着しています」

「別人の……」

「被害者の血液型はA型ですが、手袋とジャケットにはA型とO型の血痕がついています」

「O型は、加害者の血液とも考えられるね」

　加害者と被害者は格闘した。そのさい加害者も怪我をして出血し、その血液が被害者の手袋と着衣に付着したのではないか。

　O型の血痕は微量であり、格闘中に怪我を負ったとしても軽傷と思われる、と鑑識係はいう。

　加害者と被害者は、それぞれツエルトを張って、無届けのキャンプをしたのではないか。翌朝、二人の間で争いが起き、一方が相手を殺すはめになったのか。

被害者の装備のすべてが新しい物ずくめの点といい、無届けのキャンプといい、身元の分かる物を持っていない点といい、死者は多くの謎をはらんでいる。

もうひとつ不思議な点がある。燕岳の殺人は大きく報道された。それなのに家族なり関係者から、豊科署に問い合わせが一件もない。被害者の年齢は四十代前半である。家族がいそうなのに、たとえば妻が、「夫は山に登ったが、下山予定日をすぎても帰ってこない。新聞を見て、被害に遭った人が夫のような気がする」といった問い合わせがありそうなものである。独身者だとしても、勤め人なら、その勤務先から問い合わせがありそうなものだ。

4

豊科署では被害者の似顔絵をつくり、報道陣に公開した。身長一七二センチ程度で中肉の体格と、ザックとジャケットの色などを詳しく説明した。新聞記事を見ての問い合わせを期待したのである。

似顔絵発表の効果はあった。

十月十八日の朝、東京・千代田区のサクラダリゾートクラブという会社から、「けさの新聞に載っていた似顔絵の男は、うちの社員ではないか」という電話が入った。その電話は「燕岳男性殺人事件」の捜査本部につながった。道原が応じた。相手は塚《つか》本《もと》と名乗った。言葉づかいは丁寧だった。

「似顔絵が、うちの社の伊戸井宗一《いといむねかず》という社員に似ていましたので、もしやと思いましてお電話しました」

「似顔絵のほかに、どんなところが伊戸井宗一さんに似ていますか？」

道原はきいた。

「伊戸井は、四十三歳です。身長は一七二、三センチで中肉です」

「伊戸井さんは、山登りに出かけましたか？」

「山登りに出かけたかどうか、いえ、山で亡くなっていたという点は意外でなりませんが、彼は以前から登山をしていましたし、十月半ばには山登りに出かけるようなことを、同僚に話しておりました」

「山で亡くなっていた点が意外とおっしゃいましたね。それはどうしてですか？」

「じつは、伊戸井は十日以上前から、行方不明になっていました。無断欠勤でした」

「十日以上も前から、行方不明……。ご遺体は、右の眉の近くに三センチほどの傷跡があります。古い傷の跡と思われます。それから、左の腰に直径三センチほどのアザがあります」

「腰のアザは知りませんが、伊戸井は右の眉の近くに傷跡がありました」

燕岳の被害者は、どうやら伊戸井宗一という男らしい。

「伊戸井さんには、ご家族は？」

「二年ほど前に離婚しまして、以来独身生活でした。住所は都内の練馬区ですが、独り暮しだったことが分かっております」

道原は、遺体確認に複数できてもらいたいといった。

塚本は、午後には到着できるように出発すると答えた。

道原は塚本からきいた伊戸井宗一の住所の所轄警察署に、住所確認と、留守宅にいる者はいないかを調べてもらいたいと依頼した。

所轄署では受持ち交番に指示するだろう。

三十分ほどすると所轄署から回答があった。伊戸井宗一は二年あまり前からその住所に独り暮しをしているということだった。


午後、サクラダリゾートクラブから三人の社員が豊科署に着いた。車でやってきたということだった。けさ電話を掛けてきた塚本は、伊戸井の直属上司で企画課長。二人はその部下だった。

署では三人から話をきく前に、松本市内の大学法医学教室に安置されている遺体を見てもらうことにした。

三人の社員によって、遺体は伊戸井宗一にまちがいないことが確認された。

署にもどってきた三人に、道原が会うことになった。

道原は、塚本と伊戸井の二人の同僚に悔みを述べた。紺色のスーツを着た三人は、迷惑をかけた、と頭を下げた。

「伊戸井さんは、十日以上前から行方不明だったといわれましたが、どんな事情なのか話してくれませんか」

道原は三人を腰掛けさせてきいた。

塚本は暑くもないのに、ハンカチで額を拭いた。

「刑事さんは、東京の銀座でビルが焼けて、三十人以上が死亡したのをご存じと思いますが？」

「知っています。その火災は十月五日でしたね」

「火事があったとき、伊戸井は焼けたビルの六階にあるクラブで、友だちと飲んでいたということです」

「そのビルのクラブで……」

道原は、横にいてメモを取っている伏見と顔を見合わせた。

「勿論、私たち社員は、伊戸井がそこで飲んでいたことは知りませんでした。十月六日、伊戸井は出勤しませんでした。それで自宅に電話しましたが応答がありません。社員が彼の自宅を見に行ったところ留守でした。無断欠勤などしたことのない社員でしたから、どうしたのかと心配していたところへ、築地署の刑事さんがお見えになって、『イトイという社員がいるか』ときかれました」

サクラダリゾートクラブの受付の女性社員は、刑事を伊戸井が所属している企画課へ案内した。塚本が刑事に会った。

刑事の話だと、伊戸井はビル火災発生当時、そのビルの六階にある「オリーブ」というクラブで飲んでいたらしい。なぜそれが分かったかというと、火災発生と同時に逃げ出したが、怪我をして救急車で病院に運ばれたオリーブの女性従業員が、「いつも店にくる古屋《ふるや》さんというお客さんが、イトイさんという人を連れてきていました。古屋さんとイトイさんは友だちということでした。古屋さんはイトイさんを、サクラダリゾートに勤めているとわたしに紹介しました」と、警察官に話したからだった。彼女は、逃げ出すのが精一杯で、客や同僚がどうなったのかまったく分からないと答えた。

その女性従業員の話した古屋は逃げ遅れ、煙を吸ったのが原因で死亡した。身元はその夜のうちに判明した。東京・港区にある浅野《あさの》工業の営業部次長の名刺を持っていたからであり、オリーブから逃げ出すことのできた男性従業員が、古屋が浅野工業の社員であることを知っていた。警察では、逃げ出すことのできた同店の従業員から、古屋が同年配の男を伴って店にきていたことを確認したという。

しかし火災で怪我をして病院へ運ばれた人たちの中に、イトイという名の男性はいなかったし、死亡した人の中にもいなかった。したがってイトイは行方不明ということになっている。

「十月五日の夜、伊戸井さんがオリーブというクラブで飲んでいたのがまちがいなければ、火災現場から逃げ出せたということですね」

道原と伏見は、塚本のいったことをメモした。

「火災現場からいなくなったことといい、山で殺されていたことといい、伊戸井はいったいどうしたのか、私たちにはさっぱり見当がつきません」

「ビル火災の前に伊戸井さんが、近いうちに山に登ると話していたのは事実ですか？」

「はい。そういっていました」

三十半ばの痩せぎすの社員が答えた。彼は会社で伊戸井と席を並べていたという。

「あなたは、伊戸井さんからいつごろ山に登るのかをききましたか？」

「ビル火災の一週間ぐらい前だったと思います。一緒に昼食をしているとき、『今年も山に登る』といっていました」

「今年も、というと、去年も登山をしたんですね？」

「去年も一昨年《おととし》も山へ出かけ、陽に焼けて帰ってきたのを覚えています」

もう一人の丸顔の社員もうなずいた。

「何日ごろに登るといっていましたか？」

「きいたような気がしますが、忘れました」

「独りで登るといっていましたか？」

「たしか、友だちと三人で登るといっていました」

「三人で……」

これは重要なことだった。道原は、「三人」とメモして、それを丸で囲んだ。

「伊戸井さんは、十月六日から出勤しなかった。その日に彼の自宅を見に行ったということでしたが、その後も見に行きましたか？」

「いいえ。行っていません」

塚本が答えた。

「伊戸井さんは、二年ほど前に離婚したということですが、別れた奥さんとのあいだにお子さんはいましたか？」

「伊戸井の子供はいませんが、奥さんと前の夫とのあいだに生まれた娘が一人いました。伊戸井と離婚したとき、その娘は奥さんが連れて行ったということです」

「離婚の原因をご存じですか？」

「真相は知りませんが、別れる半年ほど前から、ときどき奥さんと衝突するようなことを、伊戸井はいっていました。夫婦仲が険悪になったことを、彼は悩んでいたようです。私は彼に家庭の悩みを話してみろといったことがありましたが、彼は、『女房と気が合わなくなった。結婚は失敗だった』とだけいい、詳しいことを話してはくれませんでした」

「伊戸井さんはどんな性格の人でしたか？」

「悩みがあっても、自分から人に話さない男でした。気が弱いのか、人からなにかいわれても反ぱつをしないで、黙って俯《うつむ》いてしまうような面がありました。普段はにこにこしていて、優しげでしたので、同僚からは好かれていました」

塚本の横に並んでいる二人の社員は、「そのとおりだ」というふうに首を動かした。

「伊戸井さんは、誰かから恨まれていたようなようすはありませんでしたか？」

「さあ。気づきませんでしたが」

塚本は、二人の部下のほうへ顔を向けた。

二人は首を傾げた。

「伊戸井さんの登山装備は新しい物ばかりです。ビル火災の現場から逃げ出し、そのまま帰宅しなかったのだとしたら、装備が新品ばかりだった点がうなずけます。つまり燕岳に登るために買いそろえたのでしょう」

「彼は、独りで山に登ったのでしょうか？」

「同行者がいたことも考えられます。伊戸井さんが身に着けていた物から、他人の血液が検出されています。亡くなっていた現場かその付近で何者かと争ったもようです。そのさい加害者も傷を負い、出血したのでしょう」

「意外なことばかりです」

塚本は首を振った。

「燕岳とは三十分ぐらいのところに、燕山荘という大きな山小屋がありますが、伊戸井さんは殺された前日、そこに泊まっていません。ツエルトという一人用のテントを持っていたことから、それを張って一夜を明かしたものと思われます」

「誰かと一緒にですか？」

「それが分かっていません。死亡現場で争った痕跡があることから、誰かと一緒に登ったのではないかと考えられるだけです。……伊戸井さんは、三人で登るといっていたということでしたね？」

道原は瘦せぎすの社員に念を押すようにきいた。

「たしかにそういっていました」

「三人で登る計画をたてていたのでしょうね。しかし予期しない火災に遭遇した。逃げ出すことはできたのに、そのまま行方不明になった。計画どおりに山行をしたとは思えませんが？」

道原は、正面にすわっている三人の顔に目を向けた。

「私もそう思いますが、伊戸井は確実に燕岳で死んでいました。それを考えると計画どおりの登山に出かけたような気がします」

「計画どおりに登山に出かけたのだとしたら、火災現場から行方不明になって、会社に出勤しないことよりも、その登山のほうが重要だったと考えられますね」

三人の社員は顔を見合わせ、同時に首を傾げた。

「伊戸井さんは、悩みごとがあっても、それを打ち明けない性格のようでしたが、なにか秘密を持っていそうな人でしたか？」

「そんなふうには見えませんでしたが……」

塚本が答えた。

「仕事に関することで悩んでいたようすはありませんか？」

「当社は、北海道、仙台、紀州、沖縄などのリゾート地でホテルやゴルフ場を経営している企業ですが、このご時世で業績は著しく悪化しています。そのため手放したホテルもありますし、去年から今年にわたって従業員を一時の三分の二に減らしました。それでも経営状態はよくなったとはいえません。社員の中には、いつリストラの対象にされるかと気を揉《も》んでいる者も少なくないはずです。伊戸井が悩んでいたとしたら、そのことだと思います」

「社内や取引先とのあいだでのトラブルはありませんでしたか？」

「さっきも申し上げましたように、いくぶん気の弱い男でした。人間関係のトラブルは避けているような面もありましたし、仕事上のトラブルはありません」

道原はペンを持ち直し、伊戸井の遺体は誰が引き取るのかときいた。

「本人かどうかを確認する前でしたから連絡していませんが、静岡市に母親がいます。伊戸井が子供のときに父親は亡くなったということで、母親は独り暮しだと思います」

「伊戸井さんのご兄弟は？」

「妹が一人いるときいていました。やはり静岡市に住んでいるようです」

母親と妹に知らせるようにと道原はいった。

塚本は、本社に電話して伊戸井の母親の連絡先をきくといって席を立った。

5

道原は、警視庁築地署に電話し、十月五日に発生した銀座のビル火災事件を担当する係官を呼んだ。

風間《かざま》という刑事が応じた。

道原は、燕岳の事件を説明した。

「イトイという男が、火災現場から行方不明になっているのは事実です。燕岳で殺害されたのは、その男でしょうか？」

風間がきいた。

「伊戸井宗一は、十月六日から無断欠勤をつづけています。五日に火事の起きたビル内のクラブで飲んでいたイトイと同一人物だと思われます」

風間は、会って情報を交換したいといった。

捜査会議の席上で、道原は銀座のビル火災と、その現場からイトイという男が行方不明になっていることを説明した。会議に出席した一同は一斉に口を開けた。

「燕岳で殺されていた男は、伊戸井宗一にまちがいないでしょうね？」

捜査一課長が道原に念を押した。

「遺体を三人の同僚に見てもらいました。体格、からだの特徴、血液型などが合致しました。静岡市に住んでいる伊戸井の母親と妹に連絡がとれました。今夜遅くなるでしょうが、二人はここへくることになっています」

「火災現場から行方不明になった人間が、山岳地で殺されていたなんていう事件は、前代未聞です」

四賀課長が一課長にいった。

一課長は、メガネの縁に手を触れながら首を縦に動かした。

伊戸井宗一の母親と妹がきて、遺体が本人だと確認され次第、道原と伏見は東京へ出張することになった。


伊戸井の母親と妹夫婦が豊科署に到着したのは深夜だった。妹の夫の運転する車でやってきたのだという。

三人にはただちに、燕岳で殺されていた男性の遺体を見てもらった。

棺に収められた遺体と対面した瞬間、母親は、「宗一」と呼んで、悲鳴に似た声を上げたという。

遺体を伊戸井宗一だと確認した三人は、係官とともに豊科署にもどってきた。

道原は三人の前に立ち、悔みを述べた。

母親は、とみ子といって六十九歳、妹は恵子《けいこ》といって四十歳だった。半白の髪をしたとみ子は、ハンカチを口に当て、「お世話になります」といって腰を折った。恵子が蒼白い顔の母親を支えるようにした。

静岡市で、とみ子は独り暮しだが、恵子が近くに住んでいて、しょっちゅう家族でとみ子の住まいを訪ねているという。

「宗一さんとは、ときどきお会いになっていましたか？」

道原は、黒いセーターのとみ子にきいた。

「宗一は、年に二回ぐらい静岡へ帰ってきました。わたしは一か月おきぐらいに電話していましたけど、あの子からはめったに電話はありませんでした」

母親は寂しげに答え、ハンカチで目を拭いた。

「宗一さんは、山登りが好きで、毎年登っていたようですが、それはご存じでしたか？」

「山に登っているという話は宗一からきいていました。二、三年前でしたか、紅葉の山に登ったといって、自分で撮った写真を見せたことがありました」

「写真を撮るのが好きだったんですね？」

「わたしのところへくるたびにカメラを持ってきて、わたしを撮っては、あとで送ってくれました」

「宗一さんは、二年ほど前に離婚なさっていますね？」

「わたしは、あの人との結婚には反対でしたが、宗一が好きになって、どうしてもというものですから、しかたなく……」

とみ子は顔を伏せた。長男の配偶者とは将来も深いかかわりを持つことになる。それで母親としては自分の気に入った女性と結婚して欲しかったのではないか。

宗一と結婚した女性の名を道原はきいた。

「中西弓子《なかにしゆみこ》さんといって、宗一より一つ上でした。一度結婚したことがあって、女の子を一人連れていました。宗一からその話をきいたとき、考え直したほうがいいとわたしはいったんです。宗一には結婚の経験はありませんでしたので、離婚歴があったり、子供のいる人と一緒にならなくても、べつな人と知り合う機会があるのではないかと思ったんです。弓子さんのお子さんの歳も、わたしには気がかりでした」

「いくつだったんですか？」

「五歳でした。宗一になつくかどうかを、わたしは心配しました」

「弓子さんの娘さんは、宗一さんになつきましたか？」

「十年一緒にいましたので、じつの父娘のようにはなっていました」

「どうして離婚することになったのですか？」

「夫婦のあいだがしっくりいかなくなった、と宗一はいっていました。しっくりいかなくなる原因については話してくれませんでした。もしかしたら、弓子さんのやっていた商売が関係していたのかもしれません」

「弓子さんは、どんな商売をしていたのですか？」

「小料理屋です。弓子さんは、前からその商売をしていました。その店へ宗一は通うようになったんです。宗一はおとなしくて気の弱い人間です。自分で店を切り盛りしていけるような気丈な女性とは、夫婦としてうまくやっていけないような気がしていました。結果は、わたしが思っていたとおりでした。弓子さんはわたしに毎月電話をくれ、優しげなところはありましたけど、宗一にとっては不満な点があったんじゃないでしょうか。普通の家庭だと、夫が勤めから帰ってくれば、奥さんの手料理で家族が一緒に食事ができるのに、弓子さんの場合は、夫が帰ってくるころ、店に出ていなくてはなりません。あの子は毎晩、由佳《ゆか》という名の弓子さんの娘と一緒に夕飯を食べ、お風呂を沸かしていたんです。弓子さんの帰りが遅くなることもあったということですから、日曜以外は寂しい時間をすごしていたんです」

中西弓子は、宗一と離婚したあとも小料理屋をつづけているらしいという。

会社から帰ってきても日曜以外は妻がおらず、血のつながらない子と一緒に夕食を摂《と》る男の姿を、道原は想像した。宗一は離婚の原因を母親にも妹にも、そして勤務先の上司にも詳しく語っていないようだ。人に話したくない事情が、彼の結婚生活にあったのではないか。

「宗一さんは、事件に遭いましたが……」

道原は、「殺された」という言葉を避けた。「なにかお心当たりはありませんか？」

母親と妹は首を横に振った。妹の夫は緊張した表情をして、身動きしなかった。

「兄は、ごくおとなしくて、人と争ったりしたことのない男です。わたしは人ちがいでこんなことになったのだと思います」

恵子が瞳を光らせた。声は震えていた。

「恵子さんは、宗一さんと一緒に山に登ったことはありませんか？」

「ありません」

「宗一さんは、いつごろから登山をはじめたのかご存じですか？」

「兄は高校を出るとすぐに東京の会社に就職しました。高校生のころは登山をしていなかったと思いますので、東京へ行ってから登るようになったんです」

恵子は母親のほうを向いた。

「東京へ行ってからです」

母親が答えた。

「宗一さんと一緒に山に登っていた人をご存じですか？」

「知りません」

母親と妹は同時に答えた。

「山岳会のような団体に入っていましたか？」

「きいたことがありません。入っていなかったんじゃないでしょうか」

恵子がいった。

道原は、宗一の経歴をきいた。

宗一は、静岡市内の県立高校を卒業すると、東京・文京区のことぶき医科器械という医療機器販売会社に就職した。三十歳のときその会社を辞め、サクラダリゾートクラブに転職した。中西弓子と結婚したのは三十一歳のときだった。彼と弓子のあいだには子供がなかった。

「宗一さんが登山をはじめたのは、最初の就職先に勤めているときでしょうね？」

「そうです。たしか二十歳ぐらいのときだったと思います」

とみ子が答えた。初登山は同僚と一緒だったようである。

宗一の初登山がどこだったかをきいたが、とみ子も恵子も覚えていないといった。

宗一は同僚の案内で初めての登山をしたのがきっかけで、以来山の魅力にとりつかれ、毎年登るようになったのではないか。山をやっている人には同様のケースが多い。最初から単独行という人はごく少なくて、身近な人に案内されて登ったのが病みつきの契機になったという人がほとんどだ。

道原も同じである。彼は長野県諏訪《すわ》市の生まれだ。生家は霧ケ峰の往還近くにあった。小学生のとき、先生に引率されて霧ケ峰高原に登った。高校生になって八ケ岳へハイキングしたが、本格的な登山ではなかった。高校卒で長野県警の警察学校に入った。警察学校の同期生に、高校時代から山登りを経験していたNという男がいて、「北アルプスに登らないか」と誘われた。

Nは東京出身だが、北アルプスに憧れて長野県の警察官を志望したといっていた。彼の父親が山好きで、Nが高校生のときに八ケ岳にも穂高にも登っていた。

Nの案内で道原は初めて上高地へ行った。風光明媚な場所であるのは知っていたが、それまで訪れる機会はなかった。高校の修学旅行以外に旅行をしたことがなかったのだ。道原の生家は農家だったが、耕作地はせまく、自家用が精一杯で、父は市内の小企業に勤めていた。彼には兄が一人いて家を継いでいる。父には二人の子供を旅行や山行に連れて行く余裕はなかったのだ。

道原はNと一緒に、松本から電車とバスを乗り継いで上高地に着いた。バスターミナルから残雪の穂高を見上げた。子供のころから雪山を見てはいたが、上高地で出会った岩峰穂高は圧巻で、金しばりにあったように身震いしたのをいまも覚えている。

そのときNと登った山は北穂高岳だった。横尾《よこお》までの澄んだ流れの梓川にも目を奪われていた。涸沢《からさわ》にはテントが二十張りも三十張りもあった。泊まった山小屋は混雑していた。こんなに大勢の人が、諏訪や松本を通過して穂高に入っているのを彼は知らなかった。それまで山岳情報誌を読んだこともなかったので、山の知識にうとかったのだ。

Nは山に通じていた。北穂山頂からの眺望を細かく教え、鳥さえもとまれないという滝谷を、腹這いになってのぞかせた。

道原の初山行は北穂のみだった。帰ってからNの撮った写真を見ることになった。写真を見ているうちに、写っている峰のそれぞれに登ってみたくなった。

警察学校を修了すると、道原とNとはべつべつの署に配属されたが、夏が訪れるとたがいに誘い合って、南北アルプスにも、中央アルプスにも、八ケ岳にも登った。Nと二人だけでなく、七、八人のパーティーになったこともあった。

天気予報がはずれ、岩稜《がんりょう》で大雨にみまわれたこともあるし、季節はずれの吹雪《ふぶき》に遭遇したこともあった。

十一年前の早春、長野市にいたNの妻から道原に電話が入った。Nが谷川岳で遭難したという知らせだった。Nは二人で岩壁を攀《よ》じていた。道原は休暇を願い出て、群馬県警水上《みなかみ》署へ駆けつけた。ハーケンを打ち込んだ氷が割れてザイルが伸び、氷壁に衝突して死亡したということだった。そのとき三十歳だったNの妻は、「山をやめてくださいといったのに」と、凍った表情でつぶやいたものだった。

6

道原と伏見は、築地署で風間刑事に迎えられた。風間は道原と同い歳ぐらいの四十半ばだった。

「遠方からご苦労さまです」

風間は椅子をすすめた。若い刑事がお茶を持ってきた。

ドアの開いている取調室から高い声がきこえた。刑事が被疑者を追及しているらしい。

風間は、道原たちの正面でファイルを開いた。十月五日の夜発生した銀座のビル火災の関係書類だった。

「大惨事でしたね」

道原がいった。

「東京の盛り場には、いつ同じような惨事が起こってもおかしくない雑居ビルがひしめいています。五日の火災を教訓にして、そういうビルに入っている人たちが細心の注意を払ってくれるといいですが」

五日に火災の発生したビルは六階建てで、二階から六階までの全テナントが酒場だという。そのうち焼けたのは五階と六階。六店のクラブが被害に遭い、客と従業員の三十四人が死亡、四十五人が怪我を負い、二人が行方不明だと、風間は書類を見て説明した。

「死亡した三十四人のうち、客は何人ですか?」

「二十八人で、全員男性です。死亡した従業員のうち五人が女性です。一人は十九歳でした」

「行方不明者の二人は、男性ですか？」

「一人は女性です。『オリーブ』というクラブに勤めていたホステスで、門倉好枝《かどくらよしえ》といって三十三歳ということが分かっていますが、いまだに行方不明です」

「行方不明の男性の『イトイ』が飲んでいた店がオリーブですね」

「そうです。イトイという男は、オリーブの常連客の古屋信介《しんすけ》に連れてこられたことが、その店の従業員の話で分かっています。古屋は煙を吸ったのが原因で死亡しました。イトイは、火災発生と同時に逃げ出すことができたのでしょうか、救急車で怪我人が運ばれた九か所の病院に当たりましたが、該当者がいません」

「十五日に燕岳で他殺死体で見つかった伊戸井宗一が、そのイトイにちがいないと思われます」

「イトイが伊戸井宗一だとしたら、火災現場からは無傷で逃げ出すことができたということですね」

「伊戸井宗一の遺体には、最近の火傷の跡などはありませんでしたから、風間さんのおっしゃるとおりだったと思います」

「道原さんから電話をいただいたときは驚きました。火災現場からいなくなった人が、北アルプスで殺されていたんですから」

イトイが伊戸井宗一だと確定したわけではないが、同一人物の可能性はかなり高いと思われる。

「イトイのほかにオリーブのホステスが一人行方不明になっているということですが、その女性はいったいどうなっているのでしょうね？」

道原はノートを見ながらいった。

「消防もうちの署も、焼け跡を詳しく調べました。死亡者が残っている形跡はありません。全焼に近いのは五階の一店です。死亡や怪我をした人の大多数が煙を吸ったために倒れたんです。火元の店には客が六人、従業員が六人いましたが、死者は一人も出ていません。火事に気がついて、いち早く逃げ出したからでしょう。ほかの五店にいた人が死亡したり怪我をしたということは、火事に気づくのが遅かったし、階段には椅子やら箱が置いてあって、歩ける状態でなかったんです。エレベーターには七人が乗っていましたが、全員死亡です」

「イトイと一緒に飲んでいた古屋は、どこで死亡していましたか？」

「五階と六階のあいだの階段です。逃げ出したとたんに煙を吸ってしまったんでしょう」

「出火原因は、なんだったのですか？」

「それがまだはっきりしていません。火元は五階の『ボワ』という店ですが、そこの従業員の二人が、出入口の近くの物置きのカーテンが急に燃えはじめたといっています。そこは客席からはなれていますから、タバコの火がカーテンに引火したとは考えられません。何者かが物置きの中に火のついた物を放り込んだことも考えられます」

「放火の疑いがあるんですね」

「そうだとしたら、その店か、従業員に恨みのある者のしわざということになるでしょうね。……この五年間に、銀座のクラブではいろいろな事件が起きています。二年前には、ある店のホステスを恨んだ男が、営業中の店内にガソリン入りのびんを投げ込んで、発火しました。従業員と客が火を消したため、大事にはいたりませんでしたが、二人が火傷を負いました。強盗事件も数件起きています。クラブのママが出勤したところを、刃物を持った賊に襲われて殺されました。その日は店の給料日でした。ママがほかの従業員より一足早く出勤することと、その日が給料日ということを知っていた者の犯行とみられています。カネを出せといった賊に、ママは抵抗したんでしょうね。刃物で切りつけられ、現金の入ったバッグを奪われたんです。店の営業中を狙った強盗事件も起きています。刃物を持った五、六人の男が押し入り、飲んでいた客の現金や持ち物、それから従業員が身に着けていた貴金属類などを奪って逃げました。犯人は外国人でした。その強盗事件も、ママ殺しの事件も未解決です」

「営業中に客の物まで奪うという犯行は、かつてなかったやりかたではありませんか？」

「そのとおりです。新宿署管内でも同様の事件が起きています」

「客も安心して飲んでいられませんね」

「一杯飲んでしまえば、そんなことは忘れているでしょうね。誰しも自分だけはそんな不運な目に遭わないと思っているはずです」

「火災や強盗事件が頻発するとなったら、飲みにくる人は減ってしまうでしょうね」

「長引く不況で、ただでさえ客は少なくなって、銀座でも大半の店が青息吐息の状態のようです」

道原は、オリーブでイトイが飲んでいたことを知っている従業員の氏名と住所をきいた。

「古屋がきていたのを知っているのは、ママの多香子《たかこ》、店長の紺野《こんの》、ホステスの夏見《なつみ》です。多香子と夏見は、きょう現在入院中です」

「二人は重症ですか？」

「事情聴取は可能です」

風間は、二人が入院している病院を教えた。その病院は中央区内だった。

道原と伏見は、まず多香子が入っている病室を訪ねた。

彼女は額と顎《あご》に絆創膏《ばんそうこう》を貼られ、右手には包帯が巻かれていた。五十歳ぐらいに見えた。目の縁はむくんだように腫《は》れ、紫色の唇をしていた。

道原は名乗り、見舞いの言葉をかけた。

彼女はわずかに首を動かした。毛布に隠れているが脛《すね》に火傷を負っているということだった。

「火災の日、古屋信介さんというお客がきていたそうですね？」

道原は折りたたみ椅子に腰掛けた。

「お見えになっていました」

彼女は喉を傷めているような声で答えた。

「古屋さんは、常連客だそうですね？」

「週に一度はお見えになります」

「いつも何人かで？」

「たいていお独りです」

「火災の日も独りでしたか？」

「珍しくお連れさんがいらっしゃいました」

「おたくの店にきたことのある人でしたか？」

「たしか初めての方でした。わたしはご挨拶しただけで、その方とはお話をしませんでした」

「古屋さんと一緒にきたのは、何歳ぐらいの男性でしたか？」

「古屋さんと同い歳ぐらいに見えましたか？」

「古屋さんは、四十三歳ということですが」

「そのぐらいです」

「古屋さんと一緒にきた男性の名前をききましたか？」

「伺ったような気がしますけど、忘れました。うちの店には初めてと思ったものですから、わたしは名刺を差し上げたと思います」

「二人がきたのは、何時ごろでしたか？」

「九時ごろではなかったでしょうか」

「火事の発生は、何時ごろでしたか？」

「十時ごろです。『火事だ』という声がきこえたので、誰かがドアを開けました。そうしたら煙が店に入ってきて、大騒ぎになりました」

彼女はそのときを思い出してか、無傷のほうの手で顔をおおった。

「お客は何人いましたか？」

「七人です」

「おたくの店には従業員が何人いましたか？」

「わたしと女の子が五人、男の店長が一人です」

彼女の記憶が正しければ、火災発生時、オリーブには十四人がいたことになる。そのうち客六人とホステス二人が死亡し、客一人とホステス一人が行方不明になっていることを風間刑事からきいている。つまり火災当時、オリーブにいた客全員が死亡か行方不明ということである。客は酔っていた。だから逃げ遅れたのだろう。

「そのときいた七人のお客はあなたが知っている人でしたか？」

「古屋さんがお連れになった方以外は知っているお客さんでした」

彼女は、また片手で顔をおおった。客の全員が死亡、または行方不明であることを警察から知らされているにちがいない。彼女はこれからも客とホステスの亡霊に怯《おび》えつづけるのではないか。

行方不明のホステスが誰なのか知っているかときくと、「好枝ちゃんです」と答えた。これも警察からきかされたことにちがいない。

7

ホステスの夏見は、ママとはべつの病室に寝ていた。彼女は頭に包帯を巻かれていた。二十七、八歳といった歳格好だ。目は大きく、口は小さい。

「あなたは、逃げ出すことができてよかったですね」

道原がいうと、彼女はうなずくように首を小さく動かして涙ぐんだ。

「思い出すのはいやでしょうが、火事になる前のことを教えてください。……その日、店には従業員が何人いましたか？」

「ママと、店長と、女性が五人です」

「お客が何人いたか覚えていますか？」

「七人です」

「まちがいないですね？」

「はい。よく覚えていますから」

三人連れと、二人連れと、単独が二人だったと彼女は答えた。

「あなたは、なんというお客の席についていましたか？」

「古屋さんというお客さんの席です」

「古屋さんは、二人連れでしたね？」

「はい。お友だちを連れてきていました」

「古屋さんは、たびたびオリーブへきていたそうですね？」

「毎週きていました」

「彼がくるたびに、あなたが席についていたのですね？」

「ほかの女性がつくこともありましたけど、一度はわたしがつくことにしていました」

「古屋さんは、あなたを気に入っていたんでしょうね？」

彼女は曖昧なうなずきかたをした。

「あの晩、古屋さんと一緒にきたお客は、オリーブには初めてでしたか？」

「初めてといっていました」

「あなたはその人の名前をきいたでしょうね？」

「古屋さんがイトイさんだと紹介しました。サクラダリゾートクラブにお勤めということでした。わたしは前からその会社の名を知っていましたし、その会社が経営しているゴルフ場へ行ったこともありました」

「古屋さんとイトイという人は友だちということですが、どういう友だちなのかをききましたか？」

「学校の同級生とかいっていました」

「イトイさんは、どんな話をしましたか？」

「口数の少ない人でした。お酒もあまり飲みませんでした」

「古屋さんは飲んでいましたか？」

「店にくるたびに、ボトルを半分ぐらいあけます。酔って転んだことが何回もあります」

「あの晩も酔っていましたか？」

「酔って、『イトイ、飲めよ』なんて、大きな声を出していました」

「イトイさんは、古屋さんをなんて呼んでいましたか？」

「たしか、『古屋君』て呼んでいたと思います」

道原は、伊戸井宗一の写真を見せ、イトイはこの人かときいた。

彼女は写真を一目見て、眉を寄せた。死に顔だと気づいたからだろう。

「この人です」

かすれ声で答えた。

「警察からきいたでしょうが、あの晩、オリーブにいたお客のうち六人が亡くなりました。一人が行方不明です。行方不明になっていたのがイトイさんです。イトイさんは、伊戸井宗一さんにまちがいなさそうです。彼は火災現場から逃げ出すことはできたが、十日後に、北アルプスで亡くなりました」

夏見は天井を向いたまま小さく口を開けた。伊戸井が燕岳で殺されたことは知らないようだ。

「オリーブの女性が一人、行方不明になっていることを知っていますね？」

「警察の人からききました」

「それが誰なのかは？」

「好枝さんです」

「あの晩、好枝さんは、古屋さんとイトイさんの席にはつかなかったんですね？」

「べつの席にいました。彼女を気に入っているお客さんがきていましたから」

「好枝さんも店から逃げ出すことができたはずです。逃げ出すとき、あなたは彼女を見ましたか？」

「覚えていません。オリーブにいた人も、ほかのお店の人も一緒くたになって階段を下りようとしていました。わたしは階段で転びました。その拍子に滑り落ちたようですが、夢中でしたのでよく覚えていません。ビルを出たとたんに動けなくなりました。救急車に乗せられたのも覚えていないんです」

彼女は腰を傷め、頭を打ったのだという。

「あなたと好枝さんは、親しくしていましたか？」

「お店でお客さんを待っているあいだ、話すだけでしたけど、わたしはいい人だと思っていました。気品があって、いつも冷静で、おとなという雰囲気がありました。ママとも店長ともあまり話をしないようでした」

「オリーブにはいつから勤めていましたか？」

「わたしは三年になりますけど、好枝さんは一年半か二年ぐらいです。面接のとき、ママが気に入って採った人でした」

「ほかの店にいたことがあったようでしたか？」

「オリーブが二店目だといっていました」

「行方不明とは、どういうことでしょうね？」

「逃げ出すことができて、どこか遠いところの病院に入っているんじゃないでしょうか」


彼女は独り言のようにいって、傷めた頭に手を触れた。

築地署では、門倉好枝が帰宅していないことを確認しているという。夏見がいうように、独自に入院したが、関係者に連絡を取っていないのだろうか。

道原と伏見は、オリーブの店長の紺野を板橋区の自宅に訪ねた。そこは五階建てのマンションだった。彼は四十半ばで太っていた。足に怪我をしたらしく杖を突いて出てきた。

「火事の晩、古屋信介さんがきていたのを覚えていますか？」

道原はきいた。

「お見えになっていました」

「古屋さんは二人連れでしたか？」

「はい。初めての方とご一緒でした」

「その人の顔を覚えていますか？」

紺野は首を傾げたが、古屋と同年配の男だったと答えた。

道原は、伊戸井宗一の写真を見せた。

紺野は写真を手に取ってじっと見ていたが、

「この人だったと思います」

鼻に皺《しわ》を寄せていった。彼にも死に顔と分かったようだ。

「この男性は、十月十五日の朝、北アルプスの燕岳で遺体で発見されました」

「遭難ですか？」

「殺されました」

「えっ、何日か新聞を見ていなかったもので、知りませんでした。この人は、火事のとき、行方が分からなくなっているということでしたが」

「そのとおりです」

「火事のとき行方不明になった人が、なぜ山で殺されていたんでしょうか？」

「それを調べているところです。……ところで、あの晩、オリーブにはお客が七人いたそうですね？」

「はい」

「そのうちの六人と、従業員の女性が二人亡くなった。あなたは怪我をしたが逃げ出すことができた……」

火元責任者は店長ではないのかと道原はいいかけたが、言葉を呑み込んだ。店長は火事を知ると、客の誘導を忘れていち早く逃げ出したのではないか。店長は店とビルのようすに通じているから、非常階段を使って逃げたことも考えられる。道原の記憶では、バーやクラブに入って、そこの従業員から非常口の説明を受けたことは一度もない。窓がどこにあるのか分からない店もある。

「この写真の男性は、伊戸井宗一という名です。古屋さんと一緒に飲んでいた人にちがいないでしょう。……伊戸井さんは、火事の十日後に山に登ることができたのですから、火事のとき怪我をしなかったのだと思います。この人が店を逃げ出すのを、あなたは見ましたか？」

「覚えていません。『火事だ』という声をきいて、誰かがドアを開けました。そのとたんに煙が入ってきました。あとはなにがなんだか分からなくなりました。自分がどうやって脱出したのかも覚えていません」

客や従業員の女性を誘導するどころではなかったということらしい。

「オリーブの女性従業員が一人行方不明になっているのはご存じですね？」

「警察の方にききました。好枝さんというホステスです」

「彼女が逃げ出すところを見ましたか？」

「いいえ。誰がいつ店を飛び出したのか、さっぱり分かりません」

築地署員や消防署員にも、紺野は同じような答えかたをしたのだろう。

8

伊戸井宗一の住所は練馬区の住宅街にある小さなマンションの三階だった。所轄署員と家主を立ち合わせて、室内をしらべることにした。

ドアの前に新聞が重ねてあった。伏見がその日付を繰った。最も古いのが十月五日の夕刊だった。伊戸井は十月五日の朝、ここを出たきり帰らなかった証拠のようである。

せまいたたきにはサンダルが一足そろえてあった。下駄箱を開けると、黒い靴が二足と白のスニーカーが収まっていた。

間取りは2Kで、玄関側の一室は洋間、奥は和室だった。台所には小振りのテーブルがあり、椅子が二脚向かい合っていた。テーブルの上にグラス一つと十月五日の朝刊がのっていた。新聞には広げた跡があることから、伊戸井はこれを読んで出勤したもようである。

流しには皿二枚とコーヒーカップがあった。カップには水がたまっている。

小型の冷蔵庫を開けてみた。牛乳、バター、ミカン三個、パック入りの佃煮が入っていた。

「いたんでいるでしょうから、捨ててよろしいでしょうか？」

家主の妻がきいた。

道原はうなずいた。伏見が冷蔵庫の内容物をメモした。

作りつけの食器棚は片づいている。食器の数が独り暮しを物語っていた。

和室には、これも小振りの座卓とタンスが一棹《ひとさお》すえられていた。壁には山の写真のパネルが掛かっている。穂高連峰を撮ったもので、山腹から下が乳色の霧に隠れていて、絵画のように見えた。徳本峠《とくごう》あたりから狙ったものだろう、と伏見がいった。

押入れのふすまを開けた。布団や毛布が重ねられていた。その横の箱の中身は登山用具だった。一眼レフのカメラ、赤のダウンジャケット、山靴、厚手の手袋と靴下、黄色のザックなどだった。

燕岳で殺されていた伊戸井の登山装備は、真新しい物でかためられていた。自宅に山具一式があるのにである。これは彼が銀座のビル火災の夜から帰宅しなかったことをしめしている。無傷に近い状態で火災現場から脱出することができたのに、なぜ帰宅しなかったのか。燕岳へ登るまでの間、どこにいたのかも不思議である。職場放棄してまで山に登らなくてはならない事情が彼にはあったのだろうか。それまでして登った山で、彼は殺害されていた。

道原は畳にあぐらをかき、腕組みして伊戸井の山具をしばらくにらんでいた。

「ツエルトがありませんね」

箱の中の物を全部出して伏見が低声《こごえ》でいった。

「そうだ。伊戸井は新品のツエルトをザックに入れて死んでいたな」

道原も声を低くした。

「ここにツエルトがないのは、これまでの山行は山小屋利用だったということじゃないでしょうか」

「たぶんそうだろう。幕営登山なら、なんらかの炊事用具を持っているはずだ。以前は山小屋利用の山行をしていたが、今回の燕岳山行にかぎって幕営の必要があった。

それで山行直前に登山用具を買い集めたようだな」

「カメラを持っていなくて、双眼鏡をザックに入れていた点にも意味がありそうですね」

「山に登りたくなって登ったんじゃないだろう。ツエルトを張って、双眼鏡を使う目的があったと考えてよさそうだな」

「友だちとクラブで飲んでいる最中に火災が発生した。その店からいち早く脱出しながら、どこにも連絡しないし、住まいにも帰らないし、勤務先にも出勤しなかった。そういう人間が、いくら山好きでも、山に登りたくはならないでしょうね」

「伊戸井には、十月十五日の朝、どうしても燕岳に登っていなくてはならない理由があったような気がする」

「彼は、十月十五日に燕岳に登っていたから殺されたんでしょうね？」

「そうだろう。彼が火災のあと住まいに帰らなかったことと、十月十五日の朝、燕岳にいたことと、殺害されたことは関係がありそうだ」

道原は、履き古して爪先の変色した山靴を箱に収め、ほかの登山用具やカメラを元どおりにしまった。

タンスの引き出しをのぞいていた伏見が、預金通帳を見つけた。菱友銀行神田支店のもので、約三百万円の残高があった。記帳されている預金の出し入れを見ると、勤務先が給料支給に利用している銀行であることが分かった。家賃や公共料金がこの口座から引き落とされていた。

道原は、銀行名と口座番号をノートに控えた。

道原と伏見は洋間へ移った。和室とちがって雑然としていた。本や雑誌や新聞が積み重ねてある。白い扉のワードローブを開けると洋服やコートが吊ってあった。すべて男物であるのを確かめた。

「伊戸井さんは、二年あまり前に入居したということですが、初めから独り暮しでしたか？」

道原は六十半ばに見える家主にきいた。

「独りでした。ここへ入るとき、『じつは離婚しましたので』と、照れ臭そうにいったのを覚えています」

「伊戸井さんと会うことがありましたか？」

「めったに会いませんでした。たまたまこのマンションの前で会えば、にっこりして挨拶をしました。おとなしそうで、いい人だと思っていましたが……」

伊戸井が殺されたからだろうか、家主は語尾を濁した。

「伊戸井さんを訪ねてくる人を見かけたことはありますか？」

「見たことはありません」

家主は、伊戸井の私生活はまったく分からなかったと答えた。

道原は、伊戸井の住所録があることを期待していたのだが、ここからは見つからなかった。


伊戸井の妻だった中西弓子の住所が分かった。彼と彼女は二年あまり前に離婚していた。彼女の住所は、豊島区の板橋区境のマンションだった。ドアの上に「中西」と書かれた表札が出ていた。

インターホンを押すと、「はあい」と、女性の高い声がした。ドアチェーンを掛けたまま顔をのぞかせたのは、お下げ髪の少女だった。弓子と前夫のあいだに生まれた由佳という娘であることが分かった。公簿を当たっていたが、彼女は十七歳だ。高校生らしいが、長身で色白の器量よしである。

彼女はドアチェーンをはずし、全身を現わした。黒い丸首シャツを着、細身のジーパンを穿いていた。

「お母さんは留守ですか？」

道原がきくと、

「お店へ行っています」

由佳は、二人の刑事をにらむような目をして答えた。「お店」は弓子が以前から経営していたという小料理屋にちがいなかった。

道原は由佳に、その店の所在地をきいた。

由佳はいったん奥へ引っ込むと、名刺を持って出てきた。それには太字で「えちご」とあり、弓子の氏名と所在地が刷ってあった。

「裏に地図があります」

由佳は細い指で名刺を指した。「えちご」は池袋駅から近そうだった。

「あなたは、いつもお留守番ですか？」

道原は目を細めた。

「日曜と祝日以外は」

彼女は頬の緊張をゆるめた。

彼女が五歳のとき、母親は伊戸井と結婚した。そして約十年間、三人暮しだった。

由佳が十五歳のとき、伊戸井と弓子は別れることになった。由佳は二度、父のいない暮しを経験するはめになったのか。伊戸井と弓子が別れる原因は、誰にあったのだろうか。少なくとも由佳にあったとは思えない。

「あなたの住所は、ずっとここでしたか？」

「はい」

由佳は艶のある髪を揺らした。

日曜と祭日以外は毎晩、弓子は店に出ていたという。伊戸井は会社から帰ると、由佳と二人で夕飯を食べていたと、彼の母親が話していた。

由佳は刑事の用件をきかなかった。道原も伊戸井の名を口にせず立ち去ることにした。

彼女はかつては義父だった伊戸井が山で殺されたことを知っているのだろうか。知っていれば、なぜ長野県の刑事が母を訪ねるのかの見当がつくのである。

9

「えちご」は、池袋西口の繁華な通りのはずれにあった。ビルの一階の間口のせまい店である。

商売はこれからといった時間らしく、客は入っていなかった。店内には煮物の匂いがただよっている。

弓子は、「いらっしゃいませ」といったが、道原たちを客でないと見抜いてか、微笑を消した。カウンターの中に二十代半ばの女性がいて、水の音をさせていた。

弓子は色白で小太りだった。さっき会ってきた由佳とは似ていなかった。

「忙しい時間でしょうか？」

道原は弓子に名乗ってから小さな声できいた。

「大丈夫です」

彼女はエプロンをはずし、従業員に耳打ちした。店の中では話しにくいので、外に出るというのだ。

弓子は二人の刑事の先に立った。道原は薄紫色のシャツを着た彼女の背中を見て歩いた。

彼女は近くの小さな喫茶店へ入った。客は一組しかいなかった。

三人はコーヒーを頼んだ。

「さっき、刑事さんがうちにおいでになったことを、娘から電話できました」

由佳が店にいる弓子に掛けたのだ。

「娘さんには用件をいわず、あなたの店の所在地をきいただけです」

道原がいうと小さくうなずいた。

「毎晩、娘を独りにさせておくのは可哀相ですが、食べていくにはしかたありません」

「私にも高校生の娘が一人います。家内に任せきりですが、むずかしい年ごろと思うことがあります」

「そうですね。ときどき母娘喧嘩をすることがあります」

弓子は目尻に皺《しわ》をつくった。

コーヒーが運ばれてきた。

「伊戸井宗一さんが、山で亡くなられたことをご存じですね？」

道原は、湯気を立てているコーヒーカップに目を落とした弓子の顔を見つめた。眉を長く描き、唇を薄く塗っていた。

「新聞を見て、びっくりしました」

「娘さんも知っていますか？」

「はい。新聞を見せましたので」

「あなたと伊戸井さんは、十年ほど一緒に暮していたそうですね？」

彼女は膝の上で手を組み合わせ、首を動かした。伊戸井とすごした歳月を思い出しているようにも見えた。

「刑事さんはもうご存じと思いますが、伊戸井とは二度目の結婚でした。前の人はわたしと十九、歳がはなれていました。わたしが上野の料理屋に勤めているとき知り合いました。奥さんも子供もいる人でした。一年ぐらいお付き合いしているあいだに、彼もわたしもはなれられなくなってしまいました。彼は離婚して、わたしと一緒になりました」

伊戸井の事件とは直接関係はないと思ったが、道原は彼女の話をきくことにした。

「お勤めの方でしたか？」
「小規模ですが、事業を経営している人でした。離婚の原因はわたしでしたので、別れた奥さんや子供さんのことが気になってしかたありませんでした。わたしに子供ができたとき、産もうかどうしようかと迷いましたが、先々のことを考えて、産むことにしました。由佳はわたしが二十七のときの子です。……彼とは五年ほど結婚生活をしました。彼はわたしにいろいろな物を買ってくれたり、旅行にも連れていってくれました。それまでは旅行らしい旅行をしたこともなかったので、彼には感謝していました。……彼の強い希望があって、わたしは勤めをやめていました。子供が産まれる前は、料理学校に通いました」

――由佳の三歳の誕生日だった。夫は早めに帰宅し、誕生祝いをすることになっていたのだが、深夜になっても連絡がなかった。かつてなかったことだった。

夫はとうに日付けが変わってから帰ってきた。弓子は、「由佳の誕生祝いをするのを忘れたのか」と、疲れきった顔の夫に文句をいった。彼は、取引先との付き合いがあったのだといい、風呂も使わず寝ようとした。

その夜、彼女はいつになく気が立っていた。それまでの夫に対してたいして不満は持っていなかったが、愚痴をいいつづけた。彼ははじめて高い声を出した。彼の怒った顔にはじめて出会ったのだった。

次の日、きのう夫が着ていたスーツを窓ぎわに吊った。それが彼女の習慣だった。上着とズボンに光るものを見つけて摘まんだ。目に近づけると動物の毛らしかった。弓子は、犬も猫も嫌いである。犬を連れて歩いている人に出会うと、道の端に寄ってやりすごすのだった。一度公園で、縄から放された大型犬に飛びつかれたことがある。そのときは、息がとまり、気絶するほど恐かった。しばらく立ち上がれない彼女を、犬の飼主は不思議そうな顔をしてじっと見ていたものだ。

夫の洋服に付着していたのが動物の毛と分かると彼女は、生地がすり切れるほどブラシをかけた。

その後、一週間ほどしてからである。いつものように彼女は、前日夫が着ていた洋服を窓辺に吊った。またも光った毛を見つけ、身震いした。夫は動物を扱う仕事はしていなかった。このごろなぜ洋服に動物の毛をつけてくるのかを考えた。

彼は、動物のいるところへ出入りしているのだと知った。かつて彼から、犬や猫が好きだときいたことはなかった。

弓子は、夫の洋服に付着していた動物の毛をティッシュに包んだ。毛を摘まんだ手を念入りに洗った。近くの動物病院へ行き、なんの毛かを尋ねた。獣医はルーペをのぞき、猫の毛だと答えた。

『このごろあなた、猫を飼っている家に行くのね』

深夜に帰宅した夫にいった。

『猫……』

彼は瞳を動かして首を横に振った。

『嘘よ。猫を飼っている人の家に上がるのよ。そうでしょ？』

『いや。そんな家へ行った覚えはない』

『隠すということは、その人のところへ行っていることを知られたくないのね』

『なにをいっているんだ。このごろお前ヘンだぞ』

『ヘンなのはあなたのほうでしょ。猫を飼っているのは、女の人ね。その人の飼っている猫を膝にのせるの。それともその人の部屋には猫の毛がいっぱい落ちているのね。……気持ちが悪い。猫の毛が喉にからんだみたいだわ』

夫婦は、このようないい合いを週に一度はするようになった。

ある朝、弓子は、前夜夫が洗濯機に放り込んだ下着を摘まみ出した。自分や由佳の下着と一緒にするのに抵抗があったからだ。摘まみ出した夫のランニングシャツの背中に、猫の毛を見つけ、肌が粟立った。夫は猫を飼っている女の部屋でワイシャツを脱いだのだ。猫を抱いて寝る女のベッドか布団に入ったにちがいなかった。

その夜、夫婦はいい争いをした。

『お前とは別れる』

夫がいった。

『猫を飼ってる女と別れないで、わたしと別れたいのね』

彼女は負けていなかった。

二人は朝方までいい合った。夫は前の妻と別れるときも、妻に弓子の存在が知れ、家庭に険悪な空気がただよったのではなかったか。この男は、たとえ猫を飼う女と別れても、しばらく経つとまたべつの女性と親密になりそうだと思った。

『別れるわ』

弓子は奥歯を噛んだ。ほかの女と寝てくる男と夫婦でいたくなかった。

『由佳と二人だけなら、こんなに広い部屋は要らないから、わたしたちが出ていくわ』

彼女はそういって、次の日に荷づくりをはじめた。自分と由佳の着る物を箱に詰めながら、新潟にいる母に電話した。離婚することを話すと、考え直せ、と母は泣いていった。しかし弓子には決心をひるがえす気はなかった。

都内で所帯を持っている姉に知らせた。二時間もすると姉は顔色を変えてやってきた。

『いい人と一緒になれたと思っていたのに』

姉はいった。姉は弓子の夫に何度か会っていた。『あんたは幸せ者だと思っていたけど、これから苦労がはじまりそうね』

姉は涙を拭った。

夫は、由佳の養育費だといって、まとまった現金をくれた。

現在の住所に転居したのは、姉の住まいに近かったからだ。三歳の由佳を抱えているうえは姉の協力が必要だった。

その後の生活について姉と相談した結果、弓子は小料理屋を出すことにした。彼女が店に出ているあいだ、由佳の面倒を姉が見てくれることになった。

姉にも子供が二人いた。義兄はサラリーマンだった。弓子は義兄に、由佳のことを頼むと頭を下げた。

『弓子さんはきれいだから、またいい話があるよ』義兄はそういったが、離婚して子供を抱えている自分の前には、親身になってくれる男性は現われないだろうと思っていた。

小料理屋の「えちご」は、開店して三、四か月もすると客が少しずつ増えはじめた。誰に頼んだわけでもないのに、ふらりと寄った客が常連になった。

半年経過して、やっていけるという自信がついてきた。そこで弓子は若い女の従業員を一人雇い入れた。

開店して一年近く経ったころ、伊戸井宗一が食事にやってきた。勿論、弓子の知らない人だった。彼は「えちご」を気に入ったらしく毎週くるようになった。彼はせいぜいビールを一本飲むくらいだった。彼があまり話をしないのを気にして、弓子のほうから話しかけるようにした。彼が何回かくるうち、勤務先も、独身であることも、趣味と好物がなにかも知った。弓子が酒を注ぎ、料理を出してはきき出したのだった。

彼には知友が少ないのか、いつも独りで現われた。池袋を経由して通勤している親しい同僚もいないようだった。

彼はビールをチビチビ飲《や》りながら、カウンターの中で調理している弓子を見つめていた。冗談もめったに口にしなかった。常連になった客の中には、深夜までねばり、弓子をタクシーで送ろうという男がいたが、伊戸井はそういうことを一度もいわず、一時間あまりいては帰った。

伊戸井が通ってくるようになって三、四か月経ったころ、彼は珍しく十一時すぎに現われた。ほかに客はいなかった。従業員の女の子は帰った。

弓子はカウンターを出ると、盃を持って伊戸井の横に腰掛けた。彼は彼女に酒を注いだ。彼女はそのときはじめて、離婚を経験し、女の子を一人抱えていることを話した。

伊戸井は熱心に彼女の日常生活や娘のことをきいた。彼女はありのままを語った。

最終電車が出たのに、伊戸井は腰を上げなかった。彼も彼女も少し酔った。おたがいの住まいは同じ道すじだったので、タクシーを拾って帰った。車の中で彼は彼女の手も握らなかった。

その後、弓子は伊戸井がくるたびに彼を意識して観察するようになった。離婚直後は、二度と男性を好きになる機会は訪れまいと思っていたが、月日の経過とともに離婚の傷は癒え、寄りかかれる男の肩を欲しがるようになっていた――

10

――三連休があった。由佳を遊園地に連れて行きたいが、都合はどうか、と弓子は伊戸井にきいた。

『一緒に行こう』と、彼は頬笑んだ。

当日は好天に恵まれた。由佳ははじめて会った伊戸井にとまどっているようだったが、一時間もすると彼と手をつないだ。芝生の上で三人は弓子がつくった弁当を食べた。他人の目には三人は親子と映っているにちがいなかった。

伊戸井は由佳を抱いて遊具にのった。

帰りぎわ、弓子のほうから伊戸井の手を握った。彼は握り返してきた。

彼女と彼がからだを結んだのは、次の日曜の午後だった。彼女が先に、『好きよ』

といった。

その後二人は、日曜のたびに会うことにした。平日の深夜、店を閉めて、一緒にタクシーで帰ることもあったが、由佳を姉にあずけている以上、二人で睦み合う時間をすごすことは許されなかった。

この関係は約半年つづいた。二人はいつもホテルで会っていた。これが彼女にはむなしかった。帰宅してから彼女は、床にしゃがみ込んで伊戸井の名を呼んだこともあった。

『一緒になろう』といったのは伊戸井だった。由佳は五歳になっていた。三人で遊園地に何度も行っていた。由佳は伊戸井を、『おじさん』と呼んでなついていた。

『あなたははじめてだけど、わたしは二度目よ。子供がいるのよ』分かりきったことだったが、彼女は彼の目の奥をのぞいていった。

『ぼくはもう、君とはなれていられない』

『ほんとにいいの？』

二人は同じ会話を繰り返していた。

『わたしは水商売をしている。お客さんのほとんどが男の人だから、あなたはヤキモチを焼いてそんなことをいっているんじゃないの？』

『ヤキモチを焼くことはあるけど、ほんとに君と一緒に暮したいんだ』

伊戸井は、静岡にいる母親にも妹にも弓子のことを話したといった。

弓子は姉に、伊戸井と半年以上親密な関係になっていることと、プロポーズされていることを打ち明けた。数日後、姉に伊戸井を紹介した。真面目な男だということが姉にも分かったようだった。

『由佳ちゃんを、二度も父親のいない子にしないでね』

姉は弓子に釘を刺した。

日曜日、由佳を連れて三人で新しい生活をはじめるマンションをさがした。幼い子供がいるのを嫌う家主がいたために、何か所かをまわることになったが、板橋区内に適当な部屋を見つけられた。彼女は気が弾んだ。性格にきわ立った癖のない伊戸井となら、生涯夫婦でいられそうに思われた。

軌道にのっている「えちご」をつづけていくことを伊戸井に断わった。

新居がととのった。が、伊戸井の母親も妹も訪ねてこなかった。自分との結婚に反対だったことを弓子は知った。しかし、義母や義妹に会わないわけにはいかず、腰の重い伊戸井を説得して、二人で静岡へ行った。

義母は機嫌のよくなさそうな表情で、『宗一より一つ上だそうですね』といい、弓子の全身を舐めるように見つめた。前の結婚の破局の原因はきかれなかったが、弓子に好感を持っていないことが額につくった皺にあらわれていた。義妹は由佳の歳をきき、自分にも女の子があるといった。

伊戸井の父親は、彼が子供のときに不慮の事故で亡くなったことをきいていた。母親は男手に頼らず二人の子供を育てたということだった。そのせいか、離婚を経験し、水商売で生きている女性を一種特別な目で見ているようにも思われた。弓子は再婚の負い目を知った。

伊戸井と話し合って決めたことだが、生活は一般家庭とは異なって変則的だった。伊戸井は勤務を終えた足で、弓子の姉の家に行く。姉にあずけている由佳を連れて帰るのだ。弓子がつくっておいた夕食を伊戸井が温めて、由佳と二人で食べる。風呂を沸かし、由佳を寝かせる。弓子は、遅くなっても午前零時には帰宅することにした。

由佳が小学校高学年になるまでこのかたちをつづけ、そのあとは引き取ることを姉との話し合いで決めた。

伊戸井は優しくて、おとなしい性格だった。自分から意見をいったり、弓子に対する不満を口にしなかった。そういう彼を弓子はときに頼りない夫と感じることがあったが、由佳を安心してあずけておけた。

伊戸井と一緒になって八年ほどが経過した。そのころから弓子が酒臭い息をして帰ってくるのを彼はいやがるようになった。彼女は以前から酒がイケる体質で、客に注がれると断わらなかった。客が立てこむ日は飲まないが、ひまな日は客の横にすわって相手をした。したがって飲む量は多くなる。

彼にはその風景が目に映るらしく、嫉妬をまじえて、『今夜も飲んだのか』と、棘《とげ》のあるいいかたをするようになった。

『商売だから、しかたないでしょ』いけないとは思いながら、彼女はいい返した。

彼は彼女の言葉に傷つく質《たち》で、口数が極端に少なくなった。

彼は、彼女の店の業績がどうなのかが気にならないのか、尋ねたことがなかった。店の経営が不振で、彼女が廃業するのを希《のぞ》んでいるのではないかと疑うこともあった。彼女には思いやりのない夫に見えるようになった。

伊戸井と夫婦になって十年がすぎた。弓子はときどき疲れを感じ、店を休もうかと思う日があった。しかし自分のからだと意思に鞭《むち》を入れた。それは伊戸井がなんとなく頼りなかったからである。

『疲れた』

そういったのは伊戸井のほうだった。『おれには女房がいないように感じられてならないんだ』

『わたしも同じよ。あなたが夫に見えない日が多いわ。わたしが寄りかかろうとすると、あなたは身をかわしそうな気がする。だから店をやめられないのよ。わたしはほんとうは、あなたに店をやめろといわれたいの』

彼女の言葉は、彼の自尊心を傷つけたようだった。二、三日、口を利かなかった彼だが、彼女が深夜に帰宅するのを待っていて、『別れたい』といった。考えたすえのことらしく、決心が表情ににじんでいた。彼が自らの意思をはっきり口にしたのははじめてのような気がした。

弓子は、別れる理由をきかなかった。何か月も前から夫婦の溝が幅を広げていくのを感じ取っていたからだった。彼は自分のエネルギーを、弓子と由佳に与えるのを惜しがっているようなところがあった。

彼女は無言でうなずいた。彼女のその態度を彼は、冷たい女だと受け取ったらしかった。

数日後二人は、事務的に離別の手続きをした。

『長いあいだ由佳の面倒をみてくれてありがとう。離婚の理由はわたしから由佳に話すわ』彼女は彼に頭を下げた。不思議に涙は湧いてこなかった。

彼は、弓子母娘の将来を気づかうようなことをいわず、自分の持ち物をまとめた

「伊戸井さんは、あなたと暮していているあいだ、山に登っていましたか？」

道原はきいた。

「何回も登っていました」

「あなたは彼と一緒に登ったことは？」

「ありません。登らないかといわれたことはありましたけど、歩ける自信がありませんでしたので、断わりました」

「伊戸井さんは、いつも独りで登っていましたか？」

「独りのときもありましたし、友だちと一緒のこともありました」

「一緒に登っていた友だちを知っていますか？」

「知りません。名前をきいたことはあったと思いますが、会ったことはありません」

「伊戸井さんは、山で撮った写真を見せたことがありますか？」

「はい。登るたびに写真を撮っていましたので」

「何人で登っていましたか？」

「三人だったような覚えがあります」

「勤め先の同僚ではなかったでしょうか？」

「同僚ではなかったと思います。彼は、『山友だち』と呼んでいました」

弓子は顎に手を当てた。伊戸井の山の話や、見せられた山の写真を思い出しているようだった。

「古屋という名にきき覚えはありませんか？」

「伊戸井さんは、友だちの話をしなかったですか?」

「ほとんどしませんでした。友だちがいなかったんじゃないでしょうか。わたしの店へくるとき、いつも独りでした。店で飲んだり食べていても、なんとなく寂しそうでしたので、わたしはなるべく話しかけるようにつとめていたんです」

それが二人を結びつけるきっかけになったようだ。

「古屋という人は、学校時代の友だちのようです。静岡ですごした少年のころを、伊戸井さんは話しましたか?」

「いいえ。わたしが彼の出身地のことをきけば、二言三言話しましたが、自分から話すことはありませんでした。ですからわたしは、彼には人に話すような思い出がないのではと思っていました」

「十月五日の夜、伊戸井さんは古屋という同年配の人と、銀座のクラブで飲んでいたのです」

「銀座のクラブ……。彼にしては珍しいことではないでしょうか」

「古屋という人に誘われたようです。二人で飲んでいる最中に、火災が発生しました」

「えっ。では、あの何人もが亡くなった火事のときですか?」

「そうです。三十四人が死亡した夜、伊戸井さんは友だちとビルの六階のクラブにいたのです」

弓子は胸の前で手を組み合わせた。

「ビルが火事になったとき、彼はそこから逃げ出すことができたということですね」

彼女はテーブルの一点に視線を落とし、独り言のようにつぶやいた。

「火災の発生に早く気づいて逃げ出すことができたのでしょう。怪我もしなかったようです」

「一緒に飲んでいた人も無事だったんですか？」

「亡くなりました。酔っていたということですから、逃げ遅れたんです」

弓子は拝むように、組み合わせた両手を顎に当てた。

火災現場から逃げ出すことのできた伊戸井が、十日後に山で殺された事実を、なぜなのかと彼女は考えているようだった。

弓子は、伊戸井と十年間夫婦としてすごした日を、ときには思い出していただろうか。彼と別れてほぼ二年のあいだに、心を通わせる人と出会っているだろうか。

11

伊戸井宗一は、たまたま登った燕岳で、見知らぬ登山者と争いごとでも起こし、その結果殺されたのではないような気がする。彼には殺される事情があったのだ。その前に、十月十五日に燕岳に登らなくてはならない理由があったと思われる。

彼は十月五日の夜、銀座のクラブ・オリーブで古屋信介と飲んでいた。その最中に五階で火災が発生し、煙がオリーブのある六階へのぼってきた。これをいち早く感じ取り、逃げ出した。さいわい煙も吸い込まず、怪我もしなかった。

「火事だ」という声をきいて、店を飛び出す前、一緒に飲んでいた古屋を気づかったろうか。古屋は酔っていたようだが、一緒に逃げようとはしなかったのか。古屋の手を取らず、一目散に階段を駆け下りたのだろうか。酔っている古屋がどうなってもかまわないという気持ちが、はたらいていたろうか。

道原と伏見は、新宿西口の「思い出横丁」の食堂のカウンターに並んだ。食事を頼んでから、二人でビールを一本だけ飲むことにした。刑事の出張は、たとえ夜間であっても勤務中とされている。したがって飲酒は禁じられているのだが、道原はあえて規則を破った。

「そういえば、ここは何年か前に火事になりましたね」

伏見が上体を傾けて低声でいった。カウンターの隅には赤い顔をした男が酒を前に置いて肴《さかな》をつついている。

「そうだったな」

道原もこの飲食街の火災を思い出した。「君が伊戸井だったらどうする？」

「ビルの六階にある店で飲んでいたら、ということですね？」

「そうだ。友だちと久しぶりに会い、一緒に飲もうということになった。友だちは酔ってきた。だが、まだ三十分や一時間はその店にいるつもりだったが、火災が発生した」

「友だちを椅子から立たせて、一緒に逃げようとするでしょうね」

「酔った友だちが立てなかったら？」

「たぶん、ほかの客も店の従業員も悲鳴を上げて、店を飛び出ていくでしょうね。……その雰囲気と恐怖感とで、ぼくも飛び出すかもしれません」

「酔っている友だちを置き去りにすることになるぞ」

「そう考える余裕すら失って、火災を知った瞬間に飛び出しそうな気がします」

「友だちの手を引いてやらないのか？」

「自分の身に危険が迫っていたら、たとえ手を引いていても、途中で放して逃げるかもしれません」

「友だちがどうなるかが分かっていても？」

「酔っている友だちを抱えていたら、二人とも助からないと判断すれば、友だちを置き去りにするでしょうね。薄情のようですが、火災の発生を知ったら、友だちに、『逃げよう』と声ぐらいはかけるでしょうが、反射的に飛び出すような気がします。酔っている友だちを援《たす》けられる状況なら、肩を貸して一緒に逃げるでしょうけど」

「日ごろから、その友だちに多少なりとも恨みを持っていたとしたら？」

「極限の状況下で、恨む気持ちが頭にのぼったとしたら、友だちを見放すと思います。どんな状況下でも、自分だけは助かりたいという気持ちがはたらくのは、本能じゃないでしょうか」

一本のビールはたちまち空になった。

「山でも同じことがいえるね。たとえば雪崩《なだれ》に遭遇したような場合、同行者に声はかけるが、助かりたい一心で自分だけ逃げるよな」

「雪崩を知った瞬間は、同行者の身の危険は考えないと思います。自分だけ雪を掻《か》いて必死に逃げるはずです。三年前、奥穂で若いカップルの女性が、落石を頭に受けて死亡した事故がありましたね」

「ああ、覚えている」

「落石の発生を知った瞬間、男性が女性の頭の上におおいかぶさるようにすれば、女性は死なのかったでしょうね」

「男は重傷を負うか、死亡しただろうがな」

二人は、しばらく無言で食事をした。

伏見が先に食べ終え、熱いお茶をすすった。

「オリーブから逃げ出した伊戸井が、なぜ住まいに帰らなかったのかを、ぼくはずっと考えているんです」

「おれも同じだ」

道原は箸を置いた。

「店に友だちを置き去りにして、自分が助かったので、良心がとがめて帰れなかったんでしょうか？」

「それはないと思う。さっき君がいったじゃないか。友だちを援けていたら、二人とも助からないという状況下なら、それは緊急避難だ。たとえば伊戸井が古屋に手を貸していたら、古屋も助かったかもしれない。だが、三十四人も死に、四十五人もが怪我をしたビル火災だ。伊戸井が古屋を見捨てたとしても、誰もとがめだてはできないよ」

「しかし伊戸井が火災のあと行方不明になったのは、火災に遭ったからでしょうね？」

「そこなんだよ、われわれが知らなくてはならない点は。彼は火災に遭遇したから行方不明になった。火災現場から逃げ出した直後、行方不明になることを決意したんじゃないかという気がするんだ」

「火災で死んだことにしたかったんでしょうか？」

「そんなふうにも思えるね」

「死んだことにして、十日後に山に登った……」

伏見は、湯呑みを置くとノートを出して、なにかを書きつけた。

二人は西新宿のビジネスホテルをとった。

道原は、風呂から上がると日本酒を一本飲みたくなったが、自重した。

翌朝、菱友銀行神田支店を訪ね、支店長に会った。伊戸井宗一の取引銀行である。

道原は、伊戸井の事件を話した。

「その事件でしたら新聞で読みましたが、うちの店のお客さまとは知りませんでした」

メガネを掛けた五十代の支店長はいった。

伊戸井の預金通帳を自宅で見、約三百万円の残高のあるのを知ったが、十月五日以降に入金か引き出しがあったかを知りたいと頼んだ。

応接室を出ていった支店長は、十分ほどして白い用紙を手にしてもどってきた。伊戸井の預金の推移の記録だった。

それによると伊戸井は、十月六日午後四時すぎにカードによって三十万円引き出し、さらに八日には五十万円引き出していた。したがって預金残高は約二百二十万円に減っていた。引き出した場所は二回とも菱友銀行新宿西口支店だった。

このことから伊戸井は、十月五日の夜、銀座のビル火災場所から行方不明になったあと、ホテルなどに泊まっていたのではないかと推測された。

燕岳で遺体で発見された彼のポケットには二つ折りの黒い財布があって、それには七万二千円が入っていた。約十日のあいだに彼は八十万円を引き出し、このうちからホテルなどの宿泊料金、登山用具、衣料、食費、旅費などを使ったにちがいない。ビル火災に遭った当時、現金をほとんど持っていなかったとしても、引き出した金額から七十二万円あまりを使ったことになる。

行方をくらました者が、一泊何万円ものホテルの部屋に泊まったとは思えない。遺体が着けていた物とザックの内容物は多く見積っても七万円見当だ。行方をくらました彼には、まとまった金額を必要とすることがあったのだろうか。

支店長は、ただちに伊戸井のキャッシュカードの使用停止措置をとったといった。

銀行を出ると、中西弓子の自宅に電話した。きのうの夕方会った彼女の小肥りの顔を思い出した。

呼び出し音が五回鳴って、彼女が受話器を上げた。まだ寝ていたのか、声はかすれている。

「伊戸井さんのことで、新しい事実が分かりましたので……」

道原は前置きした。「彼のお金の使いかたはどうでしたか？」

「無駄使いをしない人でした。着たり履いたりする物もめったに買わないし、他所《よそ》で飲んでくることもありませんでした。わたしと一緒になったときから、給料の明細を見せました。わたしは毎日決まった金額を彼にもらうことにしていました。山に行くときも、交通費や山小屋の料金を計算して、予備として二、三万円を余分に持って出る程度でした。……彼のお金の使いかたについて、なにか？」

伊戸井が十月六日と八日に、合計八十万円をカードで引き出していることを道原は話した。

「八十万円も……。彼は十月五日の夜から住まいへ帰っていないということでしたね？」

「帰ったようすはありません。帰っていれば、自宅にある登山用具を持って登ったはずです」

「銀座で火事に遭ったあと、自宅に帰らないことを決めて、どこかにアパートでも借りたんじゃないでしょうか？」

伊戸井が、火災に遭ったのを機《しお》になぜ帰宅しなかったのか、行方をくらましておいて、なぜ燕岳に登ったのかは不明だが、弓子がいうように、生活の拠点を設けたことが考えられる。そのための費用に、二回にわたって八十万円引き出したのか。

12

伊戸井宗一が勤めていたサクラダリゾートクラブは、菱友銀行神田支店から近かった。白いタイルを貼った比較的新しいビルである。

豊科署で会った塚本課長が、二人の刑事を応接室へ案内した。

伊戸井が同僚の誰と親しくしていたかを、道原はあらためてきいた。

「先日、豊科署へ一緒に行った二人です。帰ってきてからほかの社員にききましたが、伊戸井のことに通じている者はいないようでした」

「伊戸井さんは、近いうちに山に登ることを話していたということですが、休暇願いを出していましたか？」

「出ていません。出すつもりだったが、出さないうちに銀座の火事に巻き込まれたのではないでしょうか」

「この前も伺ったと思いますが、伊戸井さんと一緒に山に登ったことのある同僚はいませんか？」

「それも何人かにききましたが、いないようです。いれば、先日豊科署へ伺った二人が知っているはずです」

先日、塚本課長とともに来署した社員の話だと、伊戸井は、『今年も近いうちに山に登る』といい、『友だちと三人で登る』と話していたということだった。山へ同行することになっていた二人が誰かを同僚は知らなかった。社外の人間だからだろう。

伊戸井は、ビル火災に巻き込まれたが、計画どおり三人で燕岳に登ったのだろうか。計画どおりの山行をするつもりなら、十月六日以降、平常どおり出勤し、休暇願いを出して休んでもよさそうなものだった。だが彼は、ビル火災に遭遇した直後から行方不明になった。そして翌日に三十万円、二日後には五十万円を銀行から引き出している。

彼は十月十五日の早朝、殺害されたのだが、十四日に燕岳の近くに登り着いていたものと思われる。

彼はツエルトを用意して登った。行方不明者だから、山小屋利用を避けたのか。

道原はノートを開いて、はっと気づいた。伊戸井は、『三人で登るつもり』と、同僚に語った。その話を署で同僚にきいたとき、「三人」を丸で囲んだ。重要な情報だと感じたからだ。伊戸井とともに登る計画だった二人は、計画を実行して登ったのではないか。伊戸井とは十月五日以降連絡が取れなくなったが、二人だけで登ったことが考えられる。いや、当初の計画にしたがって、伊戸井が参加したかもしれない。彼は十月五日の夜から行方をくらましたが、三人山行を実行したのではないか。

三人パーティーでありながら、伊戸井だけが幕営というのはおかしい。三人ともツエルトを張ったが、燕山荘にキャンプの届け出をしなかった。それとも、燕山荘近くのキャンプ指定地でないところで幕営したのか。

サクラダリゾートクラブを出ると伏見が道原に肩を並べ、

「伊戸井とパーティーを組むことになっていた友だちは、二人だけで登り、燕山荘に泊まったことも考えられます」

といった。

「伊戸井は燕岳に登っているじゃないか」

「彼だけがべつ行動だったんじゃないでしょうか？」

「べつ行動というと？」

「伊戸井は十月五日の夜から行方をくらましました。パーティーを組むことになっていた二人とも連絡を取らなかったんじゃないでしょうか？」

「二人にも行方不明のままにしていたということだな？」

「そうです。誰とも連絡を取らず、十月十四日に燕岳に登ったんじゃないでしょうか？」

「燕岳へは、登りたくて登ったんじゃなくて、べつの目的があったということだな？」

「十五日の朝、パーティーを組むことにしていた二人と接触するのが目的だったかもしれません」

「二人と接触するということは、不意打ちを意味しているようだが？」

「伊戸井は、自分が登らなくても、二人はかならず登るとにらんで、単独で登り、二人が燕岳にあらわれるのを待ちかまえていた。彼の予想どおり二人はやってきた……」

「伊戸井がそんなことをする目的は？」

「二人を殺すつもりだったんじゃないかって、ぼくは考えたんです。殺害動機は分かりません」

「燕岳にあらわれる二人を、伊戸井は岩陰にでもひそんで待っていた。あらわれた二人に彼は襲いかかったが、逆襲に遭って殺されたということだな？」

「どうでしょうか？」

「君の推測が当たっていたとすると、伊戸井が単独でツエルトを張ったことや、双眼鏡を持っていたことが納得できるな。……二人は十四日の夜、どこに泊まったと思う？」

「燕山荘じゃないでしょうか？」

「十五日の早朝、燕山荘を出てくる二人を、伊戸井は岩陰から双眼鏡で見ていた……」

道原は立ちどまると、いま伏見がいったことをノートに控えた。

「伊戸井は、十月五日の夜、ビル火災に遭うまで、行方をくらますことなど考えていなかった。『火事だ』という声をきいて、飲んでいたクラブを飛び出した。無傷で助かり、ほっとした瞬間に、火災で死んだことにしようと思いついた。行方不明になれば、ビル火災で焼け死んだものとみられるだろうと考え、その夜から帰宅しなかった。なぜそんなことをしたかというと、一緒に山に登ることになっていた二人か、二人のうちのどちらかを山で殺すことを思いついた、というわけだな？」

「はい」

伏見は顎を強く引いた。

「山行パーティーを組むことになっていた二人は、十月五日以後、伊戸井に連絡をとらなかったのかな？　たとえば、山行に出発する何日か前に三人で会うことにしていた。ところが伊戸井があらわれない。二人は彼の勤務先か自宅へ電話を掛けたと思うが」

「そうですね」

道原と伏見は、踵《きびす》を返した。

ふたたびサクラダリゾートクラブを訪ね、塚本課長に会った。

塚本は、伊戸井と席を並べていた社員を応接室へ招《よ》んだ。三十半ばの痩せぎすの社員がやってきた。先日署で会った男だった。

道原は、十月六日以降、伊戸井の友人らしい人間から電話がなかったかをきいた。

「ありました」

「いつですか？」

「伊戸井が出勤しなくなって、三日ほど経ってからだったと思います」

「男でしたか？」

「男性でした」

「相手の名前をききましたか？」

「『どちらさまでしょうか』と私がききましたら、たしか、『伊戸井君の友だちです』といったような気がします」

「そのときあなたは、伊戸井さんが銀座のビル火災現場から行方不明になったのを知っていましたか？」

「はい」

「そのことを電話の相手には伝えなかったんですか？」

「伊戸井が、どうなったのかが分かっていない段階でしたので……」

話さなかったのだという。

道原は胸の中で舌打ちした。電話の相手の名字だけでもきいていれば、のちの捜査の参考になったのだ。

伊戸井の友人だと名乗る男から電話があったのは、一回だけだったという。その男は、伊戸井とともに山に登ることになっていた一人ではなかったか。その男は、伊戸井の自宅にも電話を掛けたと思われる。だが応答はなかった。それに不審を抱けば、再度勤務先に問い合わせしそうなものだ。

銀座のビル火災現場から、伊戸井宗一が行方不明になったことは新聞に出ていない。死亡した人の名は載ったが、行方不明者については、［客の男性一人と、女性従業員の一人が行方不明になっている］と報道されただけである。

したがって友人は、伊戸井と連絡がとれないのはなぜなのか分からないはずだ。それなのに再度勤務先に問い合わせをしないのはどうしてなのか。

伊戸井は約束を勝手に破ったり、ものごとをいい加減にするような性格ではなかったようだ。

友人なら、彼と連絡がとれなくなったことを心配するはずである。

道原と伏見は、首を傾げながらサクラダリゾートクラブをあとにした。

「伊戸井が友だちに連絡したんじゃないでしょうか？」

　歩きながら伏見がいった。

「そうか。火災現場から逃げ出し、行方をくらましているなんていえないから、事情があって会社に出られないし、自宅にも帰れないと、いいわけをしたかもしれないな」

「その可能性は考えられます。相手が古屋信介を知っていたとしたら、飲んでいた店へ友人の古屋を置き去りにして、自分だけ逃げ出したなんていえないと思います」

「伊戸井と古屋は幼友だちだったらしい。一緒に山に登っていたのも、幼友だちだったとしたら、伊戸井は火災に遭ったことを話さなかっただろうな」

　古屋がビル火災で死亡したことを、伊戸井の幼友だちは報道で知ったにちがいない。

　伊戸井は、十月十四日ごろ北アルプスに登ることになっていた友だちに、「予定どおり登るのか」ときいたことも考えられる。そのとき彼は、「おれは、自宅にも帰れないし、会社にも行けない事情があるから、山には登れない」といったようにも思われる。そう伝えておいて、彼は登山装備を調達し、単独で燕岳に登ったのではないか。

　単独で登ったということは、三人で登るつもりだった二人が、計画どおりの山行をするのを確認したからではないか。

　伊戸井をまじえて三人パーティーで登るはずだった二人とは、誰と誰なのか。それが分かれば今回の事件は解決するものと思われる。

三人で登る計画が二人になった。このパーティーをさがし出すことだ。

道原は、四賀課長に電話した。

「いいところに気がついた。十月十四日、燕山荘に二人連れで泊まった登山者の背後関係を洗うことにしよう。二人連れのうちで伊戸井となんらかの関係がある者がいたら、そいつらは怪しい」

課長は声を弾ませた。

十月十四日、燕山荘に泊まった登山者は七十二人。このうち単独行は六人いた。その全員の身元をまっ先に確認した。

なぜ単独行の登山者の身元をまっ先に確認したかというと、六人のうちの一人が燕岳で殺されていた男ではないかとみたからだった。各人に問い合わせた結果、全員無事帰宅していた。

同日の宿泊者のうち、二人パーティーは十二組いた。この二十四人の氏名、住所は山小屋の宿泊カードに記入されている。二十四人の住所は、東京都、神奈川県、千葉県、愛知県、京都府、大阪府と広範囲におよんでいる。捜査本部は、すでに七十二人の住所確認を終えている。だが、出身地がどこかまでは調べていない。これまでその必要を感じなかったからだ。今度は、二人組二十四人の住所の所轄署に出身地の調べを依頼した。

13

道原と伏見は、十月五日、銀座のビル火災で死亡した古屋信介の勤務先だった港区の浅野工業を訪ねた。同社は建設資材の販売業だった。

太って体格のいい営業部長が応対に出てきた。古屋の直属上司だといって、名刺を出した。

「クラブで飲んでいて、死んだなんて……」

体裁のいいことではない、と部長はいいたげだった。

「古屋さんは、オリーブというクラブで毎週のように飲んでいたそうです」

道原はノートを見ていった。

「そうらしいですね。築地署の刑事さんにききました。古屋がオリーブという店で飲んでいたのは前から知っていましたが、独りで行っていたことは知りませんでした。彼はたまに取引先を接待するのが仕事のひとつでした。彼の飲食費を私はチェックしていましたが、いつも複数でした。なんという取引先の誰を接待したのかを、店から送られてきた請求書や領収書に記入していましたから。個人での飲食費を会社に支払わせることは、勿論規則違反ですし、何年も前から厳しくチェックしていたつもりです。景気のいいころは大目に見ていましたが、古屋はそのころのクセが抜けていなかったんですね。不正を見抜けなかったのは、私の責任です」

部長は眉間に皺を彫った。

「オリーブには気に入った女性がいたのではないでしょうか？」

「たぶんそうでしょう。死んだ者に鞭を当てるようなことをいいたくはありませんが、会社の経費で落とせるから、個人で飲みに通うんです。自分の収入ではとても銀座のクラブなんかでは飲めません。古屋の前任者は、取引先の接待といって、好きな女性のいる店でしょっちゅう飲んでいました。それがバレて、地方の出張所へ転勤させられました。古屋もそれを知っていたのに……」

部長はズボンのポケットからハンカチを出すと鼻に当てた。オリーブへ行っていなかったら死ぬことはなかったのにと、悔んでいるようだ。

古屋は登山をしていたかを、道原はきいた。

「山登り……。私はきいたことがありません。古屋と親しくしていた者がいますから、呼びましょう。念のためにきいてみてください」

部長は太ったからだをよじって電話を掛けた。
五、六分すると、メガネを掛けた小柄な男が応接室にあらわれた。古屋とは同期入社だったという。

「古屋は山登りをしていたかね？」

部長がきいた。

「していなかったと思います」

小柄な男は手を前に組み、緊張した表情で答えた。

「君は、古屋がオリーブという店へよく行っていたのを、知っているかね？」

「知りませんでした」

「彼と飲んだことはあるだろ？」

「はい」

「どんな店で？」

「いつも新橋駅の近くの焼鳥屋でした」

「クラブへ行ったことは？」

「ありません」

小柄な男は、ますます硬い表情になった。

「十月五日、古屋さんは友だちとオリーブにいましたが、それはご存じですね？」

道原は部長と同僚の顔を交互に見てきいた。

「築地署の刑事さんから伺いました」

「伊戸井宗一さんといって、古屋さんと同い歳の男性でした。伊戸井さんは、火災現場から行方不明になりました」

「そのようですね」

「その伊戸井さんは、十月十五日の早朝、北アルプスの燕岳という山で他殺死体で発見されました」

　部長と古屋の同僚は顔を見合わせた。

「古屋と飲んでいた男が、どうして北アルプスで……」

　部長は目をまるくした。

「火災現場からは無傷で逃げ出すことができたということです。ところが遺体で発見されるまで、行方不明でした」

「家に帰らなかったということですね？」

「会社員ですが、会社にもなんの連絡もしなかったのです」

「なぜでしょう？」

「それがまだ分かっていません」

「火事では死ななかったが、山で殺された……。古屋は火事で死んだのですから、その男の事件には関係はありませんね？」

　部長は大きな顔を刑事に向けた。

道原は小柄な社員に、「古屋さんの友だちを知っていますか？」

ときいた。

「無関係だとは思いますが」

「会ったこともありませんし、知りません」

「伊戸井という名をきいたことは？」

「きいたかもしれませんが、覚えていません」

古屋信介の経歴をきいた。彼は静岡市生まれで、同市内の小、中、高校を卒業し、東京の私立大学卒業と同時に浅野工業に就職した。約二年間、名古屋支店に勤務したことがあるが、一貫して営業畑を歩んできたという。住所は杉並区で、妻と長男と長女がいることが分かった。

彼の葬儀は、自宅近くの寺でいとなまれたが、オリーブからは誰も参列しなかった、と部長はいった。火災当時、オリーブには客が七人いた。そのうちの六人が煙を吸って死亡しているし、女性従業員二人も死亡した。ママと店長と一人のホステスが怪我をして入院していた。葬儀に参列できるはずがなかった。

道原たちは、古屋の自宅を訪ねた。かなり年数の経った木造の二階家だった。

四十歳見当の妻が玄関を開けた。丁寧に腰を折ったがその顔色は蒼かった。

道原は彼女に名刺を渡した。長野県警の刑事が訪れたことが彼女には解《げ》せないようだった。

妻は二人の刑事を座敷に上げた。飾り気のない部屋である。

道原はあらためて悔みを述べた。

妻は黙って畳に両手を突いた。

「十月五日の夜、古屋さんはお友だちと銀座のクラブで飲んでいましたが、そのお友だちを奥さんはご存じですか？」

「警察の方に、イトイという名の人といわれましたが、わたしにはきき覚えのない人です」

「伊戸井宗一という名前です。同郷の人ということですから、幼友だちだと思います」

「そうですか。きいたことがありません」

妻の声には力がなかった。

「古屋さんの、小学校、中学、高校の卒業名簿はありませんか？」

「大学の学友会名簿はありますが、その前のは見たことがありません」

妻はそういったが膝を立てた。二階へ昇っていく足音がきこえた。働き盛りの夫に死なれ、気がふさいでいるにちがいなかった。

階段を下りるひそやかな足音がした。

かった。

い。念のために古屋の大学の学友会名簿をめくったが、やはり伊戸井は載っていな

たのか。伊戸井は大学に進まなかったというから、大学で古屋と知り合ったのではな

が、伊戸井宗一の名は見当たらなかった。古屋と伊戸井は、高校の同級生ではなかっ

集合写真が載っていて、卒業生の氏名と当時の住所が並んでいた。四クラスあった

彼女はやや色のあせた緑色の表紙の名簿を道原の前に置いた。

「高校の卒業名簿がありました」

「古屋さんは、山に登ったことがありますか?」

「ないと思います。少なくともわたしと知り合ってからは登っていません」

「古屋さんのお友だちで、登山をしている人をご存じですか?」

彼女は首を傾げていたが、知らないと答えた。

「奥さんは、古屋さんのお友だちを何人か知っていますか?」

「三人知っています。三人ともお葬式にきてくださいました。そのうちの北尾《きたお》さんと

いう人と主人はとても仲よしでした。わたしも前にお会いしたことがありました」

「北尾さんは幼友だちですか?」

「高校時代の親友ということです。大学はべつだったようです」

「北尾さんは、登山をしますか?」

「しないと思います。きいたことがありませんから」

道原は、北尾の住所と勤務先をきいた。

「もうお気づきでしょうが、私たちは伊戸井さんの身辺を調べています。伊戸井さんが山で殺されたのをご存じですか？」

「殺された……。いいえ」

彼女は目を見張った。

「伊戸井さんは、十月五日の夜、銀座のオリーブというクラブで古屋さんと一緒に飲んでいました。築地署員から話をきかれたでしょうが、飲んでいる最中に火災が発生しました。お気の毒に古屋さんは逃げ遅れましたが、伊戸井さんは逃げ出しました。ところが彼は自宅に帰らなかった。次の日、勤務先にも連絡せず行方不明になりました。その理由は分かっていません。十月十五日の朝、私どもの署に北アルプスの燕岳で死亡している登山者を発見したという通報が入りました。はじめは身元不明でしたので、似顔絵を新聞に発表しました。その効果があって、サクラダリゾートクラブという会社から、うちの社員に似ているという連絡が入ったので、遺体を見てもらいました。それで遺体が伊戸井宗一さんだと分かりました。お母さんと妹さんが静岡からこられて、遺体と対面されました。……遺体を詳しく検《しら》べたところ、殺害されたことが分かりました」

古屋の妻は両手を頬に当てた。顔はますます蒼くなった。

「伊戸井さんの勤務先の人から話をきいて、彼が十月五日の夜、銀座の火災現場から行方不明になっていたことを知ったのです。古屋さんが伊戸井さんをオリーブという店に誘ったようです。その店の従業員の話だと、古屋さんと伊戸井さんは少年時代からの知り合いだといっていたそうです」

彼女は、頬から手を放さず動かなかった。

「伊戸井さんが火災現場から行方不明になったことについては、深い事情がありそうです」

「主人はお酒をよく飲む人でしたが、伊戸井さんは酔っていなかったのでしょうか？」

「以前からあまり飲まない人だったようです」

「伊戸井さんは、主人と一緒に逃げなかったのでしょうか？」

彼女の眉がわずかに変化した。

「古屋さんは、酔っていたそうです」

道原はそうしかいいようがなかった。

古屋の妻は、一緒に飲んでいた一人が助かったのに、なぜ夫が死んだのかといいたげである。彼女は間仕切りのふますのほうに顔を向けた。隣室にはまだ祭壇がありそうに思われ、道原は焼香させてもらいたいといった。

妻がふすまを開けた。白い布を敷いた台の上に、遺骨と遺影があり、キクの花が供えられていた。

14

古屋の高校時代の同級生である北尾に会うことができた。彼は四十三、四歳のはずだがいくつか上に見えた。

「古屋さんは不運でしたね」

道原がいうと北尾はうなずき、

「彼はよく酒を飲みましたからね。それに女性のいる店が好きで、毎週のようにクラブへ行っていたということです。私も何回か彼に銀座でおごってもらいました」

「オリーブという店へ行かれたことは？」

「そこには行ったことがありません」

「十月五日の夜、古屋さんは同郷の友だちと飲んでいたということです」

「友だちと一緒だったということは奥さんからききましたが、同郷の友だちとは知りませんでした」

「伊戸井宗一という人ですが、ご存じですか？」

「伊戸井……。さあ、知りません。高校の同級生ではありませんね」

「奥さんに高校の卒業名簿を見せてもらいましたが、載っていませんでした」

「小学校か中学の同級生だったかもしれませんね」

北尾も、伊戸井が山で殺されたことを知らなかった。

道原は、伊戸井が火災現場から消えたいきさつを話した。

「火災現場からいなくなった男が、北アルプスで殺された……」

北尾は驚いたという顔をした。

念のために、古屋は山に登っていたかをきいたが、そういう話はついぞきいたことがないと北尾は答えた。

「古屋さんの友だちに山をやる人はいませんか？」

「ハイキングぐらいは私もしますが、本格的な登山をする者はいないはずです」

北尾は、古屋の葬儀に参列した二人の友人の名を挙げた。古屋の妻からもきいた人たちである。

伊戸井を殺したのは、少なくとも山をやる人間だ。彼の同僚の話では三人で登ることになっていたらしい。当初の計画どおり、伊戸井は三人パーティーで燕岳へ登ったのだろうか。

北尾と別れると、道原は四賀課長に電話し、あす静岡市へ行くことを断わった。伊戸井と山行パーティーを組むことにしていた二人は、彼の少年時代の友だちではないかと思われたからだ。

道原は伏見と肩を並べて歩きながら、夜空を仰いだ。星が二つ三つ見えた。東京で星を見るのは珍しい気がした。

「伏見君には、子供のころから付き合っている友だちがいるのかね？」

「いまでも親しくしている者は四人います。四人とも、小学校、中学、高校と同じ学校でしたからね」

伏見はいまも穂高町の実家にいる。高校まで実家から通い、東京の大学を卒《お》えて、長野県警に入ったのだった。

「四人とも近くにいるのか？」

「旧・穂高町（現・安曇野市）にいるのは一人だけです。そいつは農家を継いでいます。二人は結婚して、松本市に住み、一人は東京にいます。妙なことに、地元にいるやつより東京にいるやつのほうがときどき電話をよこすし、会う回数は多いですね」

「一緒に山に登る友だちはいるのか？」

「東京にいるやつとは、年に二回ぐらい登ります。東京にいると山が恋しくなるといって、やつのほうから山に誘うんです。……おやじさんは、どうですか？」

いつのころからか、伏見は道原をそう呼ぶようになっている。

「子供のころからの仲よしというのは、一人きりだな。諏訪の古い旅館を継いでいる男だ。一緒に山に登ったことはないけど」

今夜も二人は、思い出横丁の食堂に入ることにした。焼き鳥の匂いを嗅いで、腹の虫が鳴いた。

次の日二人は、新幹線を静岡で降りた。東京は晴れだったが、熱海あたりから雲が低くなり、富士山は裾野しか見えなかった。

伊戸井宗一の母とみ子の自宅は静岡市清水区境に近かった。木造平屋の小ぢんまりした家で、ひっそりと静まり返っていた。

外で声をかけると窓が開いた。

「あっ、刑事さん」

彼女は道原たちを見ていうと、窓を閉め、玄関のガラス戸を開けた。

道原は、宗一の少年時代の友だちを知りたくてやってきたのだと話した。

「宗一は内気な子でしたし、わたしには仲よしの子がいた記憶がありませんが」

とみ子はそういいながら、二人の刑事を座敷に通した。

そこにも小さな祭壇が設けられ、遺骨と遺影が白布の上にのっていた。

道原と伏見は並んで焼香し、手を合わせた。遺影の宗一はネクタイを締めて微笑している。何年も前に撮ったもののようである。

とみ子はお茶を出した。彼女は六十九歳で独り暮しだ。

宗一は一か月おきぐらいに、小遣いだといって五万円送ってよこしていたという。

古屋信介という名に記憶があるか、と道原はきいた。

「古屋さん……」

とみ子は首を曲げていたが、きいたことのある名だと答え、宗一の小学校と中学のころの同級生ではなかったかといった。

古屋と宗一は、小学校と中学が一緒だったが、高校はべつだったようだ。

とみ子に、宗一の小、中学校の卒業名簿はないかときいた。

彼女は隣の部屋から三冊の卒業アルバムをさがし出してきた。

どの集合写真も、教諭が最前列にすわり、生徒が雛壇《ひなだん》に並んでいる。どこの学校の卒業記念写真も似たりよったりだ。

小学校と中学の記念写真で、宗一の顔は中央部に埋没するようにあった。小学校のではまぶしそうに目を細めているが、中学のでは眉を寄せ、にらむような顔つきをしている。高校のでは中段の左端で、顎を突き出して写っていた。

小学校の名簿を見ると、宗一と同じクラスに古屋信介の名があった。中学では宗一と古屋はべつのクラスだった。これで二人が小、中学時代、同級生だったことが確認できた。

伏見は、三冊の名簿をコピーしてくるといって出ていった。近くのコンビニに行くのだった。

道原はとみ子に、宗一の卒業アルバムをあらためて見て、彼と仲よしだった子を思い出さないかときいた。

彼女は考え顔をしていたが、ここから三〇〇メートルほどはなれたところに太田《おおた》という家がある。そこの次男が宗一と小、中学時代同級生だったといった。だが、宗一が太田と遊んでいた記憶はないという。

伏見が息を切らしてもどってきた。

道原は卒業アルバムをとみ子のほうへ向けた。少年の宗一が誰と遊んでいたかを思い出して欲しかった。

「宗一が、他所の子をうちへ連れてきたという記憶がないんです。他所の家へ遊びにも行かなかったと思います。妹の恵子は逆でしたが」

「宗一さんは、家に引きこもりがちだったのですか？」

「学校から帰ると、テレビを観たり、本を読んだりしていました。わたしは勤めに出ていましたけど、心配のいらないい子でした」

道原たちは、宗一と小、中学時代同級生だった太田の家を訪ねた。そこの次男は英《えい》二《じ》という。とみ子と同い歳ぐらいの母親が出てきた。

刑事がきたので、母親は顔色を変えた。伊戸井宗一を覚えているかときくと、

「名前だけは覚えています。山で殺されたのを知って、驚きました。子供のころ、どんな子だったかの覚えはありませんが、英二と同級生だったのは確かです」

太田英二は、静岡市内の石油販売会社に勤務しており、子供が二人いることが、母親の話で分かった。

太田英二に会った。丸顔が母親に似ていた。

「あのおとなしかった伊戸井が、山で殺されたのを知って驚きました」

太田は低い声でいった。

「あなたは、伊戸井さんと仲よしでしたか？」

「仲よしというほどではありません。学校に通うコースが同じだったので、一緒に登校したものです」

「伊戸井さんは、どんな少年でしたか？」

「おとなしくて、いつもにこにこしていました。そのせいか、小学生のときも、中学生のときもいじめられていましたね。同級生からなにをされても、へらへら笑っていました。いじめにあう典型的な生徒でした。子供のころは痩《や》せていて、弱よわしい感

じでしたからね」

「どんなふうにいじめられていたのでしょうか？」

「伊戸井のスキをみて、ランドセルや鞄に、虫や蛙を入れたりするんです。当時は都会の子よりこの辺の子は残忍な遊びかたをしましたからね」

「残忍というと？」

「小さな蛙をつかまえて、尻の穴に麦藁《むぎわら》を突っ込んで吹いてふくらましたり、蛇や蜥蜴《とかげ》を平気でつかまえていました」

「蛇や蜥蜴が嫌いな子もいたでしょうね？」

「男の子がつかまえるのを見て、逃げていく女の子もいました。伊戸井も嫌いだったようです。ですが彼は女の子のように逃げない。だからいたずら坊主は、彼のような子に、つかまえた虫や蛙を投げつけたり、蛇を鞄に入れたりするんです」

「太田さんもやりましたか？」

「虫や蛙をつかまえたことはありましたが、伊戸井をいじめるグループには入っていませんでした」

「彼をいじめるグループがいたんですか？」

「いました。彼とは家が遠い子が、それをやるんです。近所だと親の目があるからでしょう。……一度、こんなことがありました。中学のときですが、小学生のころから評判のいたずら坊主がいました。そいつが蛇をつかまえて、ナイフでその首を切り落として、伊戸井の鞄に入れたんです。彼は蛇が嫌いだったと思います。血の気を失ったような顔をして、鞄を放り出すと家へ逃げ帰りました。いつもへらへら笑っている伊戸井じゃなかったんです。私は彼の鞄を拾って、家へ届けてやりました」

「伊戸井さんのお母さんや妹さんは、それを知っていたでしょうか？」

「彼のお母さんは、働きに出ていましたから、どうでしょうか。伊戸井はいじめられていることを、親にも先生にも話さなかったんじゃないでしょうか。彼がいじめにあっていることが、学校で問題になったことはなかったようでした。あるいは先生は知っていたかもしれませんが、見て見ぬふりをしていたんじゃないでしょうか」

「伊戸井さんは、小学校から中学を通じていじめにあったことを、覚えていたでしょうか？」

「覚えていたでしょうね。私の記憶にはっきり残っているくらいですから」

道原は、伊戸井をいじめていた生徒を知っているかと太田にきいた。

「一人は知っています。父親が大きな製材所をやっていた寺崎《てらさき》という男です。いじめグループのリーダー的存在でした。クラスでは一番体格がよかったですね」

伏見が、卒業名簿のコピーを出した。寺崎光男《みつお》という名があった。小学校では伊戸井と寺崎は同じクラスで、中学ではべつのクラスになっていた。

寺崎以外で伊戸井をいじめていた生徒を覚えているかをきいた。太田は忘れたと答え、しばらく腕組みしていたが、

「そうだ。星川《ほしかわ》が覚えているかもしれません」

といった。

ふたたび卒業名簿のコピーを開いた。小学校の名簿に星川俊章《としあき》という名があった。彼は中学でも伊戸井と同じクラスだった。

星川は旧・清水市（現・清水区）の運輸会社に勤めている。彼は小、中学校時代、寺崎といつも行動をともにしていた一人だ、と太田はいった。

「古屋信介さんを覚えていますか？」

道原はきいた。

「忘れていましたが、銀座のビル火災で死んだときいて、思い出しました。私には印象の薄い男です」

古屋は死亡した夜、伊戸井と一緒に飲んでいたのだと道原がいうと、

「東京で二人は付き合いをしていたんですね」

と、太田は意外そうな顔をした。

15

星川俊章を旧・清水市（現・清水区）の運輸会社に訪ねた。彼は紺色のユニホームを着て出てきた。長身で長い顔をしていた。

彼も、伊戸井が山で殺されたことも、古屋がビル火災で死んだことも知っていた。

「小、中学時代の伊戸井さんを覚えていますか？」

道原は長い顔にきいた。

「覚えています。弱よわしくて女の子のような生徒でした」

「あなたは伊戸井さんと仲よしでしたか？」

「仲よしではありません。私は子供のころ、俗にいうワルでしたから、伊戸井のようなおとなしい者には嫌われていました」

「伊戸井さんは、何人かのグループにいじめられていたそうです。星川さんは彼をいじめたほうですね？」

「子供のころのことです。男の子も女の子もいじめました。蛇や蛙をつかまえて、嫌がる子に投げつけたりしたものです。蒼くなったり、泣いて逃げるものですから、面白がって追いかけたんです。伊戸井はヘンな子でした。なにをされても、へらへら笑っていました。女の子にもからかわれていたのを覚えています」

星川は、白い歯を見せて話した。

道原は星川に、登山をするかをきいた。

「十年ぐらい前に、静岡側から南アルプスに二回登りました。同僚に山好きの男がいたものですから、誘われて登りました」

それきり山には登っていないという。

「伊戸井さんは、毎年登っていたということです」

「あのひ弱な感じの彼が、山に登っていたとは意外です。しかも山で殺されたなんて、いったいなにがあったんでしょうね」

「同級生で、山をやっている人をご存じですか？」

「さあ。いまでも付き合いのある者のなかにはいません。小、中学校の同級生はバラバラになっています。地元に残っているのはごく少数です。遠くへ行った者の消息は分かりません」

「寺崎光男さんとは、いまも交流がありますか？」

星川は、なぜ刑事が寺崎の名を知っているのかという表情をした。

「寺崎は、地元の高校を出ると東京の大学に進みました。彼のおやじが製材所をやっているころは、ときどき帰省していたようですが、おやじの会社が倒産してからは、こっちにはきていないんじゃないかと思います」

「寺崎さんのお父さんは手広く事業をしていたんですね？」

「製材所だけやっていればよかったんでしょうが、ホテルや不動産事業に手を出したのが原因で、十年ぐらい前に会社が火ダルマになって倒産しました。寺崎の母親はその直後に病気になって、亡くなりました。その前からおやじは愛人と暮していたようですが、その仲もうまくいかなくなって、家屋敷を処分して沼津市のほうへ転居したということです。寺崎も一時、事業をやっていたようですが、いまはなにをしているのか知りません。十年ぐらい前にやった同窓会には出席しましたが、その後は顔を出しません。……こうして思い出してみると、小、中学校の同級生でもいろんな人生を歩む者がいますよね」

星川はタバコをくわえると、曇り空を仰いだ。

道原は四賀課長に電話し、十月十四日、燕山荘に宿泊した七十二人のなかに、太田英二、星川俊章、寺崎光男という名があるかをきいた。

七十二人のうち、十二組の二人パーティーについては、目下、各人の住所の所轄署に出身地の確認調査を依頼している。

「寺崎光男という名がある。四十三歳で、住所は東京の世田谷区だ」

四賀課長は答えた。

「寺崎光男は、伊戸井の小、中学校の同級生です」

「同級生……」

「寺崎は、燕山荘に何人で泊まっていますか？」

「二人だ。相棒は成本亨《なりもととおる》。成本という男も四十三歳となっている」

小、中学校の卒業名簿のコピーを開いた。両方に成本亨が載っていた。彼は小、中学とも伊戸井と同じクラスだった。

「伊戸井の同級生の二人が、十月十四日に燕山荘に泊まっていた……」

四賀課長は電話でつぶやいた。

「伊戸井は、寺崎と成本と一緒に燕岳に登ることにしていたんじゃないでしょうか？」

道原がいった。

「考えられるな。伊戸井はビル火災に遭遇したため、寺崎と成本との山行に参加しなかった。だが寺崎と成本は当初の計画どおり登った。二人が山行を中止しないことを、伊戸井は知っていた……。いや、逆かな。伊戸井が単独で燕岳に登るのを、寺崎と成本が知り……」

四賀課長は、独り言のようにいっている。

「前者でしょうね。伊戸井は寺崎と成本との三人で登ることにしていたと思います。ですから伊戸井は同僚に、『近いうちに三人で北アルプスに登る』と話していたんです。ところがビル火災という予期しない災難に巻き込まれた。燃えるビルから脱出できた瞬間、行方をくらますことを決意したような気がします」

「うむ」

「伊戸井は古屋に誘われてオリーブで飲んでいましたが、古屋は小、中学時代の同級生でした。古屋は酒に酔ってはいましたが、火災にいち早く気づいた伊戸井が、古屋の手でも引いて、煙をかいくぐって階段を下りれば、古屋も死ななくてすんだんじゃないでしょうか。伊戸井は古屋に、『火事だ。逃げよう』ぐらいのことはいったかもしれませんが、手を引いたり、肩を貸そうとはしなかった。古屋はどうなってもいいという思いが頭をよぎり、自分だけが、階段に集中した人を掻き分けるようにして脱出した。彼は燃えるビルを脱出してからしばらくは、火災現場近くにいたような気がします。なぜかというと、古屋が脱出できたかどうかが気になったからです」

「古屋は、ビルから出てこなかった……」

「それを知り、火災現場をはなれました。古屋を見殺しにしたという実感を両手に握ったんじゃないでしょうか?」

「悔恨じゃないのかね?」

「いえ。未必の故意だと思います。古屋がどのぐらい酔っていたかを、伊戸井は知っていたはずです。自分が手を貸さないかぎり誰も助けない。古屋は確実に煙を吸って倒れるか、焼死する。それと承知で彼は脱出したんじゃないでしょうか？」

「伊戸井も必死だったはずだよ」

「それはそうでしょうが、彼が無傷で脱出しているのを考えると、少なくともビルの四階か三階あたりまでは古屋を引き下ろす余裕はあったように思われます」

「ビル火災現場での伊戸井は、伝さんの推測どおりだったとしよう。そのことと、伊戸井が姿を消したこととは、関係があったんだろうか？」

「古屋を見殺しにしたという意識を持ったとしたら、行方をくらましておいて、十月十四日に燕岳へ単独で登る計画をたてたような気がします」

「単独で登る目的は？」

「寺崎か成本。あるいは二人を山で殺すつもりだったように思われます」

「その動機は？」

「それは分かりませんが、少年時代にいじめにあっていたことが関係しているような気がします」

「十月十五日の朝、伊戸井が、燕岳に登った寺崎と成本を襲ったとみているんだね？」

「はい」

「伊戸井に襲われた寺崎と成本は、どうしたんだろう？」

「逆に伊戸井を殺して、逃げたんじゃないでしょうか。寺崎と成本が燕山荘に残した登山計画はどうなっていますか？」

「槍ケ岳へ縦走となっている」

「私の推測が当たっているとしたら、二人は縦走を取りやめて、燕岳から下山したと思います」

「そうだろうな。殺人を犯しながら山行をつづけられるはずがない」

四賀課長は、寺崎と成本の身辺を慎重に調べるようにといった。

道原と伏見は、さっき会った星川の勤務先へ引き返し、ふたたび彼を呼び出した。小、中学の同級生だった成本亨を覚えているかをきいた。

「ああ、いましたね。寺崎ほどは目立っていませんでしたが、たしか寺崎と仲よしでした。成本も東京の大学を出て、東京のどこかの区役所に就職したとききました。いまも区役所に勤めているかどうかは知りません」

星川は成本と、年賀状のやり取りなどはしていない。静岡に係累はいるだろうが、成本がときどき帰省するかどうかも知らないという。

寺崎光男と成本亨の現住所は、燕山荘の宿泊カードで分かっている。宿泊カードに記入した住所にまちがいがないかどうかは、すでに確認ずみである。

静岡は夕方から小雨になった。道原たちは新幹線で東京へもどった。常宿にしている西新宿のホテルに向かう途中、霧のような雨が降りだした。

16

次の朝は冷たい雨が降っていた。天を衝《つ》く高層ビルが煙っている。ホテルから新宿駅へ向かうあいだにズボンの裾が濡れた。

道原と伏見は小田急線に乗った。世田谷区の寺崎光男の住所付近で彼の身辺データを得るつもりだ。

彼の自宅は最寄り駅から歩いて十五分ぐらいの住宅街にあった。コスモスの咲く小さな公園の脇の木造二階建てだった。近所で聞き込むと借家だということが分かった。公園の反対側の塀を囲った家が家主だった。六十歳見当の主婦が出てきて、二人の刑事を玄関に入れた。

寺崎は妻と娘二人の四人暮しということが、あらかじめ公簿によって分かっていた。渋谷区から約三年前、現住所に転居したのだった。

家主の話で、妻は勤めていることを知った。長女は高校生、次女は中学生だ。

「寺崎さんのご主人は、渋谷で食料品を扱う会社を経営なさっているそうです」

家主はそういった。その会社がどこなのかをきくと、主婦はいったん奥へ引っ込んで、入居の契約のときにもらったという寺崎の名刺を摘まんで出てきた。名刺には「寺崎商事株式会社　代表取締役」と刷ってあった。

伏見が寺崎商事の所在地をノートに書き取った。

「寺崎さんの奥さんは、ご主人のやっている会社にお勤めのようですか?」

道原がきいた。

「そうではありません。毎日、自転車でお出かけになりますし、その服装から推して、そう遠くないところにお勤めのようです」

どんな服装をして出かけるのかをきくと、丸首シャツにセーターにジーパン姿だという。

長女は都立高校、次女は近くの区立中学に通っていることが分かった。

一家の普段の暮し向きはごく地味だという。

「ご主人とよくお会いになりますか?」

「たまに姿を見かけます。登山がお好きなようで、大きなリュックを背負っているところを見たことがあります。ついこのあいだの夜も、リュックを背負って帰っていらっしゃいました」

「それは、十月十五日か十六日ではありませんか？」

「そのころでした。手に包帯をしていましたから、山で怪我をしたのではないでしょうか」

「包帯を……」

道原は家主の話をメモし、怪我は重そうだったかときいた。

「さあ、分かりません。ちらっと見かけただけですから」

寺崎は、車で通勤しているのかときくと、歩いて行くから、電車ではないか、と家主は答えた。

家主は目つきを変え、寺崎になにがあったのかときいた。

寺崎の友人が事件に遭ったので、参考までに調べていると、言葉を濁した。

念のために、寺崎の前住所を見に行った。そこは、塀をめぐらせた家の多い渋谷区の高級住宅街の一角だった。彼の住んでいた家も茶色の塀で囲まれ、塀の上から植木が何本も見えた。

近所で聞き込みをした。その住宅は約三年前まで寺崎の持ち家だった。彼が経営していた会社が倒産したため、住宅を手放さざるをえなくなったのだと、隣家の主婦は話した。家構えといい、敷地の広さといい、現住所の借家とは比べものにならなかった。彼の父親がやっていた会社も倒産したというから、なんらかのかたちで影響を受けたのではなかったか。

寺崎商事は、渋谷駅から五分ぐらいの小さなビルの一階だった。倒産したが、事業はつづけていられるのだろうか。

道原たちは、道路をへだてた車の陰から寺崎商事をじっと見ていた。若い男が出てきて、ビルの前にとめてあった白い車に乗って坂を登っていった。ガラス越しに、女性の姿が見えた。三十分ほど経つと、若い女性が出てきて、傘をさして坂を下っていった。さらに三十分ぐらいすると、背が高く肩幅の広いスーツ姿の男が傘をさしてやってきて、寺崎商事の中に消えた。その男が寺崎光男ではないかと思ったが、包帯は見えなかった。

「彼に会いましょう」

伏見が急《せ》かすようにいった。

「これで寺崎にはいつでも会えることが分かった。成本亨の身辺を嗅いでからにしよう」

成本の自宅は調布市だ。電車を乗り継いでそこへ急いだ。雨に濡れたズボンが冷たかった。

成本はマンションに住んでいた。妻と高校生の息子の三人暮しだ。成本が世田谷区役所に勤務していることが、近所の聞き込みで分かった。妻も勤めていることが分かったが、三人の暮し向きには一般と特に変わった点はないということだった。

マンションの入居者の何人かが、成本が登山をするのを知っていた。彼がザックを背負って出て行くところや、山行帰りの姿を見かけたのだという。

道原たちは世田谷区役所を訪ねた。人事課できいて、成本が街づくり課に所属していることが分かった。

同じ課の三十半ばの女性職員に声をかけ、成本亨を知っているかときくと、同じ係だからよく知っていると答えた。成本に知られないように話をききたいというと、彼女は相談室という札の出ている部屋へ案内した。長いテーブルがあって、椅子が向かい合っている殺風景な部屋だった。

「成本さんになにがあったのですか？」

彼女は二人の刑事の顔を見比べた。

「成本さんの友だちが事件に遭いました。それで参考までに彼のことを……」

ここでも道原は言葉を濁した。

彼女は緊張して、真剣な目をした。

「成本さんが山登りをするのをご存じですか？」

道原がきいた。

「知っています。この前も登りました。わたしも、日帰りか一泊二日ぐらいの山歩きをしていますので、成本さんとはたまに山の話をします」

「それはいい趣味をお持ちです」

道原は目を細めた。「成本さんは同僚と登っていますか？」

「同僚とは登りません。べつに山友だちがいるということです」

「この前登ったのは、どこですか？」

「槍ケ岳だそうです」

「槍ケ岳……」

燕山荘の宿泊カードに、成本と寺崎は、「燕岳↓大天井岳↓槍ケ岳↓横尾経由で下山」と記入している。

「縦走でなく、槍ケ岳だけだったんですね？」

「そういっていました」

「何人で登ったか、おききになりましたか？」

「登る前、三人だといっていました」

「計画どおり三人で登ったのでしょうか？」

「そうだったと思います」

「何日間の日程でしたか？」

「たしか三泊だったと思います」

彼女は、刑事がなぜそんなことをきくのかというふうに、わずかに首を傾げた。

「怪我もなく、無事帰ってきたということですね？」

「はい」

彼女は小さな声で返事をした。

成本はどんな性格かを道原はきいた。

おとなしくて、いくぶん神経質な面のある几帳面な男だという。

道原は、成本の血液型を知っているかときいた。

「さあ、知りません。成本さんの血液型をお知りになりたいのですか？」

「参考までに知っておきたいのです」

彼女はせまい額に手を当てて道原を見ていたが、厚生課には各職員の血液型の記録があるはずだと答えた。

厚生課で成本の体格をきいたついでに、血液型を尋ねた。A型だった。

燕岳で殺された伊戸井宗一の着衣にはO型の血液が付着していた。伊戸井はA型であり、明らかに他人の血液だった。

17

一時強く降った雨がやんだ。道原と伏見は、ふたたび渋谷の寺崎商事の見える場所に立った。ガラス越しに、寺崎光男の姿が見えた。彼はデスクで電話を掛けていた。

女性社員が二人いる。そのうちの一人が、白い袋を提げて出てきた。彼女を尾《つ》けると、坂を二〇〇メートルほど登って郵便局に入った。十分ほどして出てきた彼女に、道原は手帳を示した。

彼女は目をまるくして一歩退いた。

「寺崎さんのことをききたいのですが、時間がありますか？」

「いまは困ります。会社にもどらなくてはなりませんので」

二十五、六歳の彼女はいった。

「会社は何時に終りますか？」

「六時です」

「あなたは、寺崎商事に何年お勤めですか？」

「二年です」

道原はうなずき、勤務が終ってから会ってもらいたいといった。寺崎には黙っているようにと釘を刺した。

午後六時すぎ、彼女は約束どおり郵便局の前へ現われた。細い坂道を登ったところにある喫茶店で話をきくことにした。彼女は黒いバッグを抱えたままだった。刑事からものをきかれることなどはじめてではないか。

「寺崎さんは、まだ会社に残っていましたか？」

「はい。いつも八時ごろまでいるようです」

彼女も、三年ぐらい前に寺崎商事が倒産したことを知っていた。以前からの取引先があるので、現在は個人で営業しているのだという。

「去る十月十四日ころ、寺崎さんが山に登ったのを知っていますね？」

「知っています」

髪を栗色に染めた彼女は目を伏せて答えた。

「何日に帰ってきましたか？」

「たしか四日間の予定でしたが、山で怪我をしたといって、一日早く帰ってきました」

「どこを怪我したんですか？」

「左手です」

「怪我はどの程度ですか？」

「お医者さんへ行くほどではないといっていますが、いまも包帯をしています」

社員には、岩角で手首に近いところを切ったと説明したという。

「今回の登山で怪我をした以外に、なにか変わったところはありませんか？」

「べつにないと思いますが……」

「山から帰ってきて、山での出来事をあなたたちに話しましたか？」

「いいえ」

彼女は首を横に振った。小さなネックレスが揺れて光った。

「あなたは寺崎さんから山の話をきいたことがありますか？」

「去年の秋は、山の紅葉の写真を見せてくれました」

「去年はどこへ登ったんでしょうか？」

「北アルプスといっていました」

「今回も写真を見せましたか？」

「天気がよくなかったので、撮らなかったといっていました」

「あなたは、寺崎さんのお友だちを知っていますか？」

「いいえ」

「今回、誰と山に登ったかは知りませんか？」

「知りません。去年は学生時代の友だちと一緒だといっていました」

「寺崎さんは、あなたがたに個人的なことをよく話しますか？」

「めったに話しません」

道原は、寺崎の血液型を知っているかときいた。

「O型です」

「寺崎さんがそういったんですね？」

「わたしが当てたんです。わたしは血液型に興味があるものですから、社長のようすを見ていてO型じゃないかって思って、それできいたんです。当たっていました」

「ほう。あなたには他人の血液型が分かるんですね？」

「話しかたとか、仕事のやりかたなんかを観察していると、見当がつきます」

「そういうものですか」

道原は頬をゆるめた。

彼女は自分の時計に目を落とした。喫茶店に入って三十分あまりがすぎていた。

「私たちに会ったことを、寺崎さんにはいわないほうがいい」

道原がいうと、

「刑事さんは、社長にお会いになるんですか？」

と、顔を上げた。

「場合によっては」

いった。

「わたしが話したこともおっしゃらないでください」

「それは約束します。心配しないでください」

彼女はバッグを抱え直すと、「もうよろしいですか」と目顔できいた。道原は礼をいった。


寺崎商事のガラスにはブラインドが下りていたが、灯りは洩れていた。黒字の社名の入ったドアを開けると、奥のデスクで長身の男が椅子から立った。

「寺崎光男さんですね？」

道原は手帳を示してからいった。

「寺崎です」

彼はわりに大きな声で応えた。

「あなたに伺いたいことがあってきました。まだお仕事が？」

道原と伏見は、体格のいい寺崎の前に立った。

「いえ、結構です。どうぞ」

寺崎は、壁ぎわのソファをすすめた。

電話が鳴った。寺崎は左の腕を伸ばした。袖口から包帯がのぞいた。

短い電話を終えると、

「失礼しました」

と寺崎はいってソファに腰を下ろした。顔は強張っている。コーヒーでも取るかと彼はいったが、道原は断わった。

「あなたと小、中学校の同級生だった伊戸井宗一さんが、北アルプスで事件に遭ったことをご存じですね?」

道原と伏見は、寺崎の顔を見つめた。

「はい。新聞で見て、びっくりしました」

「伊戸井さんが殺されたのは、十月十五日の早朝です。その日、あなたはどこにいましたか?」

「じつは私も山に登っていました」

寺崎の声はかすかに震えていた。

「どこへ登っていましたか?」

「燕岳です」

「伊戸井さんは燕岳で殺された。あなたは伊戸井さんと一緒でしたか?」

「いえ。彼とは……」

「どなたと一緒でしたか?」

「成本という男です」

「成本亨さんですね？」

「はい」

寺崎の返事の声は小さかった。

「そのほかに同行者は？」

「成本だけです」

「あなたと成本さんは、伊戸井さんと山に登ったことがありますね？」

「あります」

「今回も伊戸井さんが参加することになっていたのではありませんか？」

「そうでしたが、伊戸井は急に都合が悪くなって、私たちとパーティーを組めなくなりました」

「あなたがたと一緒に登れなくなった理由は、なんでしたか？」

「会社から出張を命じられたということでした」

「伊戸井さんは、その連絡をどういう方法でしてきましたか？」

「電話です」

「それは、いつでしたか？」

「山へ出発する一週間ぐらい前でした。伊戸井は成本にも電話したということです」

「初めは三人で登る計画だった。ところが伊戸井さんが都合が悪くなって登れなくなった。あなたと成本さんは当初の計画どおり登ったということですね？」

「はい」

「あなたと成本さんが登ることを、伊戸井さんには伝えましたか？」

「伊戸井から電話があったときに話しました」

「三人が二人になっても、登山計画は変更しないことにしていたのですね？」

「はい」

「あなたと成本さんは、いつ入山しましたか？」

「十月十四日です」

「その晩は、どこに泊まりましたか？」

「燕山荘です」

「どういう登山計画でしたか？」

「燕岳から、槍ケ岳へ縦走です」

「計画どおりに縦走しましたか？」

「それが……」

寺崎は右手を額に当てた。「私が転んで手に怪我をしたものですから」

彼は上着の上から左手を押さえた。

「縦走を取りやめたのですね？」

「はい」

　かすかな声で返事をした。

「怪我をしたのは、いつですか？」

「十五日です」

「何時ごろ？」

「朝です。六時ごろだったと思います」

「どこで怪我をしましたか？」

「燕岳です」

「午前六時ごろ、燕岳で。……そこで誰かに会いましたか？」

「いいえ、誰にも」

「燕岳には、あなたと成本さんしかいなかったのですか？」

「そうです」

　寺崎は、幅の広い背をまるくして答えた。

「あなたと成本さんは、燕岳で思いがけない人に出会ったのではありませんか？」

「いいえ。誰にも会いません」

　道原は、ノートを開いたり閉じたりした。

　寺崎は激しくまばたきをした。

「あなたと成本さんは、燕岳で伊戸井さんに会ったでしょ?」

道原は語気を強めた。

「いえ。会いません。彼は仕事の都合で登れなくなったといったんですから」

「ところが伊戸井さんは、十月十五日の朝、燕岳にいた。精《くわ》しく検《しら》べたところ、彼はその朝の五時から六時ごろのあいだに殺されたのです。あなたは午前六時ごろ燕岳に登ったといった。彼の死亡推定時刻と合っています。あなたと成本さんが燕岳の山頂に着いたら、そこに伊戸井さんがいたんじゃないですか?」

「いいえ。彼になんか会いません」

寺崎は首を強く横に振った。

「そんな嘘は通用しない。あなたと伊戸井さんが燕岳で接触した証拠があるんです。……あなたの血液型はO型ですね?」

「は、はい」

「伊戸井さんの遺体には、O型の血液が付着していた。彼の血液型はA型です。新鮮なO型の血液が付着していた。……あなたと伊戸井さんは、燕岳で争った。そのさいにあなたは左手に怪我をした。あるいは伊戸井さんは刃物を持っていて、あなたに切りかかった。その血が伊戸井さんの着衣に飛んだ。そうでしょ?」

「私たちは、伊戸井には会っていません」

「成本さんは怪我をしましたか？」

「いいえ」

「では、伊戸井さんは、なぜ燕岳で殺されていたのですか？　彼はべつの場所で殺害されて、燕岳へ運ばれたのではない。遺体発見現場で、岩によって腹や背中を殴《なぐ》られたのが原因で死亡したんです。私たちは、あなたと成本さんに殺《や》られたものとみている」

「ちがいます。私たちは、そんなことをしていません。ほんとうです」

寺崎は首を振ったり、手を組み合わせたりした。

「では、伊戸井さんは誰に殺されたと思いますか？」

「分かりません」

「都合が悪くなって一緒には登れないといった伊戸井さんが、あなたたちの登る燕岳になぜ登っていたと思いますか？」

「それも分かりません。彼が山で殺されたのを、新聞で知って驚きました」

「伊戸井さんは、あなたと成本さんが当初の計画どおり燕岳に登るのを知っていた。ですから単独で燕岳へ登った。山頂で、あなたたちと接触するのが目的だった。だから、伊戸井さんに会っていないというあなたの話は信用できない」

寺崎は俯いて首を振った。

道原は、出直してくるといって席を立った。

18

外へ出ると伏見が、なぜ寺崎をもっと厳しく追及しなかったのかときいた。

「これから成本に会おう。彼がどんなことをいうかだ」

道原は、成本の自宅を訪ねるにはどこの駅が近いかを伏見にきいた。

伏見は東京の地図の調布市を開いた。

成本は帰宅していた。外へ呼び出した。三人は外灯の下に立った。

成本はひょろりとした体をしていた。男にしては色白だった。さっき会った寺崎は、刑事が訪れたことを電話で知らせたような気がする。

道原は、伊戸井宗一が燕岳で殺されたことを知っているかと、細面の成本にきいた。

「はい。新聞で知りました」

「伊戸井さんが殺されたのは、十月十五日の早朝でした。あなたは十月十四日に寺崎光男さんと燕山荘に泊まりましたね？」

成本は無言でうなずいた。

「十五日の朝は、何時ごろ山小屋を出ましたか？」

「五時半ごろでした」

「それから？」

「燕岳に登りました」

「山頂に着いたのが午前六時ごろですね？」

「はい」

「誰かに会いましたね？」

成本は黙って首を横に振った。めったなことは答えられないと慎重に身構えているようである。寺崎から電話を受けていたとしたら、彼が刑事の質問にどう答えたかが気になっているだろう。

「思いがけない人に会ったんじゃないですか？」

「誰にも会いません」

「登山者は一人もいなかったんですか？」

「いませんでした」

「寺崎さんは、燕岳で怪我をしたといって、左手に包帯をしていました。どこで怪我をしたのですか？」

「山頂です。転んだ拍子に、岩で手を切りました」

「あの山に、手を切るような角の尖った岩がありますか？」

「……」

「どのぐらいの怪我ですか？」

「二、三センチ切りました」

「では出血したでしょうね？」

「はい」

「あなたは、寺崎さんの血液型を知っていますか？」

「いいえ」

「知らない……。それは不用意です。登山をする者は同行者の血液型を把握しておくのが常識です。たとえば冬山登山の場合、前もって登山届を登山地の警察に出す。それにはメンバー全員の血液型も記入することになっています」

成本は知っているのか知らないのか、ただ首を動かした。

「寺崎さんの血液型はO型です。伊戸井さんはA型です。伊戸井さんの遺体には、O型の血液が付着していた。なぜだと思いますか？」

「分かりません」

成本は自分のつっかけの爪先あたりに視線を落としている。

「あなたたちは、伊戸井さんを加えて三人で登る計画だったんでしょ？」

「そうですが、伊戸井が仕事の都合で参加できなくなりました」

「伊戸井さんから連絡があったんですか？」

「電話がありました」

「それはいつでしたか？」

「出発日の一週間ほど前でした」

「その電話で伊戸井さんは、山に行けなくなった理由をなんて説明しましたか？」

「地方へ出張しなくてはならなくなった、といっただけです」

「あなたはなんて答えましたか？」

「仕事ならしかたないな、といったと思います」

「伊戸井さんが参加しなくても、当初の計画どおり、燕岳に登ることを、彼には伝えましたか？」

「寺崎と二人で登るといいました」

「会社から出張を命じられた人が、あなたたちと同じ日に燕岳に登っていた。十月十四日は山小屋に泊まらず、ツエルトを張って一夜をすごした。そして次の朝早く、あなたたちが登る燕岳の山頂近くで殺された。彼が死亡したのは、午前五時から六時のあいだと推定されています。あなたと寺崎さんが山頂に着いた時刻とほぼ一致している。……あなたたちが山頂付近で、伊戸井さんに会っていないとは思えません。彼に会ったとはいえない事情があるから、会わなかったといっているのではありませんか？」

「いいえ」

成本は、消えるような小さな声で答えた。

「伊戸井さんは、何者かに岩によって腹や背中を殴られて死亡しています。その遺体には〇型の血液がついていた。犯人のものにちがいない。……寺崎さんは手を切って出血していた。彼の血液型は〇型です。この符合を成本さんはどう思いますか？」

「分かりません」

彼はまた小さな声で答えた。

道原は二、三分黙っていたが、古屋信介を知っているか、と唐突にきいた。

「古屋は、小、中学のころの同級生でした」

俯いていた成本は顔を上げた。

「古屋さんが亡くなったことも知っていますね？」

「銀座のビル火災に巻き込まれて……」

成本は、星でも仰ぐように空に目を移した。

「あなたは、小、中学のころ、古屋さんと仲よしでしたか？」

「仲よしというほどではありませんが、一緒に遊んだ記憶はあります」

「あなたと寺崎さんは、仲よしだったんですね？」

「学校の行き帰りが一緒でした」

「伊戸井さんとはどうでしたか？」

「伊戸井とは同じクラスでしたが、いるのかいないのか分からないような、目立たない生徒でした。仲よしというほどではありませんでした」

「寺崎さんと伊戸井さんは、仲よしでしたか？」

「そうでもなかったような気がします」

「子供のころ仲よしでもなかった伊戸井さんと、どういうきっかけから一緒に山に登るようになったのですか？」

「もう十年ぐらい前のことですが、寺崎が東京で伊戸井とばったり会ったんです。その前に静岡の伊戸井の実家近くで一、二回会ったということでした。……東京で偶然会った二人は、お茶を飲んで話しているうち、おたがいが山をやっていることを知ったんです。そのころ、寺崎と私は、毎年山に登っていましたし、新宿あたりで食事することもありました。……寺崎が伊戸井を誘い、私と三人で会うことになりました。伊戸井は子供のころと同じで、おとなしい男でした。酒もあまり飲みませんでした。そのとき、三人で山に登ろうということになりましたが、伊戸井の都合がつかなくて、三人そろっての山行は二年ぐらい経ってからでした」

「三人の最初の山行は、どこでしたか？」

「南アルプスの北岳でした。その後は毎年、北アルプスや八ケ岳へ登りました」

「伊戸井さんのようすはどうでしたか？」

「山仲間ができたといって、よろこんでいました。彼は私たちに声をかけず、単独で登ることもあるといっていました。口数は少なく、黙々と歩いていました。そのようすも子供のころと変わっていませんでした」

「三人のあいだに、特別な出来事はなかったですか？」

「特別な出来事といえば、寺崎の会社が倒産したことです。その前に彼のおやじが静岡でやっていた会社が倒産して、家族がバラバラになったという話をききました。

……思い出しました。たしか二年ぐらい前ですが伊戸井は離婚しました。彼の家族のことは詳しく知りません。彼は家庭のことをほとんど話しませんでしたから」

「伊戸井さんが、古屋さんと親しくしていたことは知っていましたか？」

「いいえ。伊戸井からそういう話はついぞきいたことはありません」

伊戸井は十月五日の夜から行方不明になっていたのだ、と道原は話した。

「行方不明とは、どういうことでしょうか？」

成本は顔を起こしてきいた。

道原は、十月五日の夜、伊戸井と古屋はビル火災の起きた銀座のクラブで飲んでいたことを話さず、なぜ帰宅もせず、会社にも出なかったのか分からないといった。彼がビル火災に遭遇したことについては、いずれ話す機会があると思ったからである。

夜分訪ねて悪かった、と道原がいうと、成本は無言で頭を下げた。細い顎がかすかに震えているのが分かった。

「成本の話は信用できますか？」

歩きながら伏見がいった。

「寺崎の話も、成本の話も、半分は信用していない。伊戸井は燕岳へ、寺崎と成本に接触するために登ったにちがいない。でなかったら、二人の山行日程に合わせて登るわけがない」

「伊戸井のジャケットと手袋に付着していたO型の血液は、犯人のものにちがいありません。犯人は寺崎でないとしても、O型の人間ですね」

道原は前を向いてうなずいた。

19

翌朝、警視庁渋谷署へ行った。刑事課長に挨拶し、捜査している事件を説明した。管内に寺崎光男という男の経営している会社がある。きょうもこれから寺崎に会う。場合によっては署に同行を求めて事情をききたいが、協力してもらいたいと頼んだ。

刑事課長は、車両を用意するからいつでも連絡してくれといった。

道原と伏見は、人混みの多さで有名な渋谷駅前のスクランブル交叉点を渡った。なぜここだけこんなに人の往来が激しいのか、と伏見はつぶやいた。ガラス張りのビルに設けられた大型画面には、テレビでよく見るコマーシャルが映し出されていた。円形のビルの前には若者がたむろしている。

寺崎商事のドアを開けると、きのうの夕方会った女性社員が、反射的に椅子から立った。

奥のデスクに寺崎の姿はなかった。

「社長は間もなくまいりますので、こちらでどうぞ」

彼女は、昨夜道原たちがすわったソファをすすめた。

彼女がお茶を出したところへ、寺崎が大きなからだを現わした。刑事がいたので、彼は一瞬顔色を変えた。社員も寺崎の表情を見たにちがいない。

「近くの喫茶店で……」

寺崎はいい、社員に二言三言仕事の指示をした。

外へ出ると、昨夜、成本に会ったと道原がいった。

「そうですか」

けさの寺崎の声には力がなかった。昨夜、刑事の訪問を受けた成本は、寺崎に電話したような気がする。二人は口裏を合わせる話をしたにちがいない。

「きょうは、私たちもあなたに話したいことがありますし、あなたからもじっくりききたいことがあります」

道原が、渋谷署へ同行してくれないかというと、寺崎は足をとめた。道原と伏見は、寺崎をはさむように立った。

寺崎は観念したらしく、顎を引いた。

渋谷署の刑事課長は、取調室で事情をきいたほうがいいと提案した。

寺崎は肩を縮め、硬い椅子にすわった。

道原は正面から二、三分のあいだ寺崎をにらみつけたあと、古屋信介を覚えているか、といきなりきいた。

「古屋……。小学校と中学のときの同級生です」

寺崎は緊張しているらしく、声がかすれている。

「古屋さんが銀座のビル火災に巻き込まれて亡くなったのを、知っていますね？」

「ニュースで知りました」

「小、中学校時代、あなたは古屋さんと親しくしていましたか？」

「中学までは、わりに親しい間柄でした」

「あなたは、小、中学校時代、あるグループのリーダーだったそうですね？」

「リーダーというか、仲よしが何人かいました」

「仲よしの中には、成本さんと古屋さんがいましたね？」

「はい」

「伊戸井さんは？」

「たまに一緒に遊ぶことはありましたが、仲よしというほどではありませんでした」

「伊戸井さんは、クラスメイトや同級生と一緒に遊ぶような少年でなく、家の中に引きこもりがちだったということです」

「そうでしたか。よく覚えていません」

「あなたは、子供のころ、伊戸井さんをいじめたことがありましたか？」

「子供のころのことですから、いろんないたずらはしましたが、彼をいじめた覚えはありません」

「おとなしくて、抵抗しない伊戸井さんの鞄なんかに、彼の嫌がる虫や蛙を入れた覚えはありませんか？」

「一度や二度は、そんなことをしたような気がします。そういういたずらをしたのは、私だけではありません。学校帰りに、何人かが集まって、弱そうな子にいたずらしたことは覚えています」

「伊戸井さんは、あなたたちにいたずらされるのを嫌がって、家の中に引きこもっていたようです」

「そうですか」

寺崎は首を曲げた。よく覚えていないといっているふうだった。

「十月五日の夜、伊戸井さんは古屋さんと、火災の起きたビルの六階にあるクラブで飲んでいたんです」

「伊戸井と古屋が……」

寺崎は顔を起こし、瞳を動かした。

「火災の発生を知って伊戸井さんは、クラブを逃げ出した。だが古屋さんは酔っていたからか、逃げ遅れ、煙を吸って亡くなった。……伊戸井さんは、それきり行方不明になりました」

飲んでいたのは、確かですか?」

寺崎はまた首を曲げた。行方不明の意味が理解できないらしい。「伊戸井が古屋と飲んでいたのは、確かですか?」

「二人が飲んでいたのはオリーブというクラブです。その店は古屋さんの行きつけでした。伊戸井さんは古屋さんに誘われて初めて行ったようです。古屋さんは席についたホステスに、伊戸井さんを学校時代の同級生だと紹介しています。二人の席についたホステスは、怪我をして病院に収容されたが、店での二人のようすをよく覚えていました。……伊戸井さんは無傷で脱出できたが、その後帰宅しなかったし、勤務先に連絡もしなかった。意図的に行方不明になったんです。なぜそうしたのか、分かりますか?」

「行方不明……」

寺崎は瞳を動かしたが、分からない、といって首を振った。

「燕岳へ、あなたと成本さんを追って登ったにちがいない」

「私たちを、追って……。彼は、私たちが山行に出発する一週間ぐらい前に電話をよこしています。成本にも電話しています。会社から出張を命じられ、登山に参加できなくなったといってです」

「伊戸井さんは、自分が参加しなくても、あなたと成本さんは、当初の計画どおり登るのかを確認したんです」

「そういえば伊戸井は、『二人で登るのか』ときいたような気がします」

「伊戸井さんはそれを知りたかったんです。成本さんにも同じことをきいたはずです。……自ら行方不明になった伊戸井さんが、山に登るまでの間、どこにいたのか分からないが、山行準備をととのえていたのは確かです。自宅には山靴もザックもあるのに、彼は一度も帰らず、新しい登山装備を買いそろえたんです。あなたたちが十月十四日に燕山荘に泊まることを知っていたので、彼は山小屋泊まりを避けた。あなたたちに会いたくなかったからです。彼は一晩、雨露をしのげればよかった。だからツエルトを買った。冬のように寒いのは分かっていたが、寝袋やコンロは用意しなかった。そのかわり双眼鏡を買った。なぜだか分かりますか？」

「いいえ」

寺崎は震えるような首の振りかたをした。

「十五日の朝、あなたと成本さんが燕山荘を出てくるのを、双眼鏡で見ていたんです」

寺崎の顔から血の気が失せた。

道原と伏見は、寺崎をにらみつけた。寺崎は凍ったように動かなくなった。
三、四分経った。
「あなたと成本さんが燕岳に登り着いたところへ、伊戸井さんが現われたはずだ。彼は手になにか持っていただろ？」

道原は語調を変えた。

寺崎は無意識にか、左手を押さえた。包帯がちらりとのぞいた。

寺崎はいったん横に振った首を垂《た》れ、隠していて申し訳なかったといった。

「伊戸井さんは、刃物でも手にして、あなたたちに襲いかかったんだね？」

道原は低い声できいた。

寺崎はうなずいてから、

「岩陰から男が飛び出てきました。初めは誰だか分かりませんでしたが、すぐに伊戸井だと分かったものですから、私は彼の名を口にしたような気がします。伊戸井はなにか訳の分からないことをいって私に近づくと、ナイフを横に振りました。その拍子に私は左手を切られました。伊戸井はナイフで私の胸を刺すつもりだったようですが、私が彼の足を蹴ったため、彼は転びました」

「転んだ伊戸井さんの腹や背中に、岩を拾って殴りつけたんだね？」

「いいえ。蹴っただけです」

「どこを？」

「足や腹をです」

「あなた一人で？」

「成本も蹴りました」

「何回ぐらい？」

「四、五回だったと思います」

「伊戸井さんは、どうなった？」

「腹を押さえて苦しがっていました」

「それから？」

「私と成本は逃げました。何回も振り返りましたが、伊戸井は追いかけてきませんでした」

「いい加減なことをいうな」

いままで黙っていた伏見が高い声を出した。

「ほんとうです」

寺崎は太い首をすくめた。

「伊戸井さんは、腹と背中を岩で殴られたのが原因で死亡しているんだ。あなたと成本さんで足や腹を蹴っただけという話は信用できない」

道原がいった。

「ほんとうです。私たちは伊戸井を蹴っただけで、岩で殴ったりはしていません」

「伊戸井さんを、殺すつもりで蹴ったのか？」

「いいえ。彼がナイフで襲ってくるのを防ぐために、蹴っただけです」

寺崎は、信じてくれというふうに、胸の前で手を組み合わせた。

「あなたと成本さんは、伊戸井さんの足や腹を蹴っただけで逃げたというが、それからどうした？」

「槍ケ岳へ縦走する計画でしたが、それを取りやめて、中房温泉へ下りました」

「中房温泉に泊まることにしたのか？」

「中房温泉からバスに乗りました。その日のうちに家へ帰りました」

道原と伏見は顔を見合わせた。伏見は首を横に振った。寺崎の話は信用できないというのだった。

渋谷署の刑事課長に寺崎の監視を頼むと、道原と伏見は渋谷署員の運転する車で世田谷区役所へ急行した。

20

世田谷区役所で成本に同行を求めた。彼は一瞬、顔色を変えた。

渋谷署に着くと、成本を寺崎とはべつの取調室へ入れた。寺崎から事情をきいていることは話さなかった。

十月十五日の朝、燕岳で伊戸井に会っただろうと追及すると、成本は俯いてしばらく黙っていたが、ナイフを手にした伊戸井が、岩陰から襲いかかってきたと白状した。

「あなたと寺崎さんは、岩を拾って伊戸井さんの腹や背中を殴りつけたんだね？」

道原はきいた。

「いえ。岩で殴ったりはしません」

成本は震える声で答えた。

「伊戸井さんは、岩で殴られたのが原因で死亡している。隠さずに話しなさい」

「寺崎と二人で、伊戸井を蹴っただけです」

「どこを蹴ったんだ？」

「腹と足をです」

「伊戸井さんは、どうした？」

「腹に手を当てて苦しがっていました」

「腹を蹴られて、血を吐いたか？」

「苦しがっていただけです」

「立ち上がれないようだったか？」

「痛がってはいましたが……」

「二人に蹴られたことで、伊戸井さんが立ち上がれなかったら、凍死するかもしれなかった。そういうことは考えなかったのか？」

「彼はナイフで襲いかかってきたんです。現に寺崎は手を切られました。伊戸井は、寺崎と私を殺すつもりだったにちがいありません。ですから私たちは逃げました。縦走計画を変更して、中房温泉へ下りました」

「何度もいうように、伊戸井さんは岩で殴られて死亡したんだよ。あなたたちがやったのでなければ、ほかの何者かに殺されたことになる。あなたたちが伊戸井さんを蹴り倒したのを、見ていた人がいたかね？」

「いいえ。誰もいなかったと思います。少なくとも私の目には入りませんでした。寺崎も見なかったはずです」

道原は首を傾げたまま成本の顔を凝視した。

成本は腕組みしたり、手をこすったりした。

寺崎の話と成本の答えはほぼ合っている。二人の表情を観察するに、口裏を合わせているようには見えなかった。

「伊戸井さんは、ナイフを手にして襲いかかったといったね？」

「はい」

「あなたと寺崎さんの山行日程を知っていたから、山頂で待ち伏せしていたということになる。彼はなぜそんなことをしたのか、心当たりがあるかね？」

成本は腕を組み、寒さをこらえるように両方の肩をこすった。

「心当たりといったら……。子供のころ、寺崎が伊戸井をいじめたからではないかと思います」

「おとなになっても恨みを持ちつづけているだろうと思うほどの、ひどいいじめをしたのか？」

「いまになって思えば、ひどいことでした」

「たとえばどんなことをした？」

「学校へ弁当を持っていく日がありました。伊戸井の弁当に寺崎は、理科室から持ってきた塩を一センチほどの厚さにのせておきました。べつの教室で授業を受けたり体育の時間に、自分たちの教室に忍び込んでやるんです」

「弁当を食べられないじゃないか」

「伊戸井は黙って蓋《ふた》をしていました。子供のころの彼はそういう男でした」

「あなたたちは、それを黙って見ていたのかね？」

「寺崎がやったことを知っていましたが、彼を攻撃する者はいませんでした」

「なぜ？」

「彼の仕返しが恐かったからです」

「あなたは、小、中学生のころ、寺崎さんと仲よしだったそうだね？」

「たしかに彼と一緒に行動していました。からだが大きいし、やることの大胆な彼を頼もしく思っていたんです。彼にくっついていれば恐いものがないという思いがありました」

「寺崎さんのいじめに遭ったのは、伊戸井さんだけではないだろうね？」

「何人かいました。みな弱そうで、反抗しない子供たちでした。なかでも伊戸井はおとなしくて、弱々しくて、なにをされてもヘラヘラと笑っていました」

「子供のとき、伊戸井さんをいじめたことを、成長してから話題にしたことは？」

「伊戸井の前で話したことはありません」

「伊戸井さんとは何回も山行をともにしたというが、山中でなにか危険を感じるようなことはなかったかね？」

「ありませんでした」

成本は蒼い顔のまま答えた。


道原と伏見は、寺崎のいる取調室へ移った。

寺崎は渋谷署の刑事に監視されて顔を伏せていた。

道原は寺崎に、伊戸井に刃物で襲われる心当たりをきいた。

「そんな心当たりなんかありません。伊戸井とは一緒に山に登る間柄でした」

「それは、ここ数年前からのことでしょ。あなたは小、中学のころ、伊戸井さんをいじめの対象にしていたじゃないか」

「それは子供のころのいたずらです。当時、誰もがやっていたことです」

「あなたは、いじめグループのリーダーだった」

「リーダーといえるかどうか……。私をそんなふうに見ていた者はいたと思いますが」

「あなたは、子供のいたずらにしては度のすぎたことをした。あなたにはいたずらだったかもしれないが、やられたほうは心に深い傷を負っていた。成長してもその傷跡は消えなかった。いつかなにかで、あなたや、あなたと一緒にいじめた人を見返すか、仕返ししてやろうと考えていた。……伊戸井さんは、あなたや成本さんに山行を誘われ、一緒に登っていたが、チャンスが訪れたら、断崖から突き落としてやろうと狙っていたことも考えられるよ」

「伊戸井が……。そんな男には見えませんでした」

「少年時代の伊戸井さんは、あなたたちにどんないたずらを受けても、ヘラヘラと笑って、抵抗しなかったそうじゃないか」

「そういう子供でした」

「あなたにはその印象が残っているから、山登りを誘ったんだ。誘えば、子供のころと同じようについてくるとみていたんだよ。ところが伊戸井さんのほうは、山行中に復讐の機会が訪れるのを待っていた。これまでにその機会があったとしたら、あなたか成本さんは、山行中にあやまって転落死したとして、処理をされていたかもしれない」

寺崎は、信じられない、というように天井を仰いだ。

「古屋信介さんは、あなたをリーダーとするいじめグループに加わっていたかね？」

「小、中学のころは一緒に遊んだ一人でした」

十月五日の夜、伊戸井と古屋は、銀座の近くでばったり会ったのではないか。古屋には行きつけのクラブがあったから、そこへ伊戸井を誘った。古屋は、「おれは銀座のクラブでしょっちゅう飲めるんだ」と胸を張り、伊戸井を見下すようなことを、なじみのホステスの前でいったようにも思われる。それでも伊戸井は微笑を浮かべて、苦い酒を舐め、次第に声の高くなる古屋に調子を合わせていたのではないか。古屋は、「こいつはね、子供のころいじめられてばかりいたんだ」などと、ホステスに赤い口を開けていったような気もする。もしかしたら古屋は、少年時代を思い出し、寺崎光男と成本亨の名を口にしたかもしれない。

「弁当に塩を、一センチほどの厚さに入れられて、食えなかったこともあった」と古屋はいったのではないか。

道原は四賀課長に電話した。

「なに？　寺崎と成本は、伊戸井殺しの犯人《ホシ》じゃない？」

「二人は燕岳で、伊戸井にナイフで襲いかかられました。伊戸井は二人を刺し殺すつもりだったでしょう。二人は抵抗し、山靴で伊戸井の腹や足を蹴りました。伊戸井はしばらく動けなかったと思います」

「伊戸井の死因は、岩で腹や背中を殴られたことによるものだ。……寺崎と成本に殺られたんじゃないとすると、いったい誰に？」

「伊戸井が二人に蹴倒された現場近くの岩陰に、べつの人間がひそんでいたのではないでしょうか」

「伊戸井を殺るつもりでかね？」

「そうだと思います」

「彼に恨みを持っていた者だろうか？」

「たぶんそうでしょう」

「これまでの伝さんの報告だと、伊戸井は人を恨んでも、恨まれるような男じゃなかったようだったが」

「私も伏見君も、たしかにそういう見方をしてきましたが、伊戸井には、友人や同僚に見せないべつの裏面があったのではないでしょうか」

「そうとしか考えられないな。……これからの捜査はどうする？」

「寺崎と成本はシロだというのは、私と伏見君だけの判断です。二人を捜査本部に同行させましょうか？」

「いや。いままでの報告で、伝さんたちの判断はまちがっていないと思う。……捜査を振り出しにもどして、伊戸井の身辺をもう一度洗い直すしかないな。……伝さん。伊戸井は、十月五日の夜から行方をくらました。それは十月十五日に燕岳で、寺崎と成本を殺すつもりだったからだろうね？」

「そのとおりだと思います。伊戸井は、十月五日の夜、ビル火災に遭ったことも、行方をくらましていることも、寺崎と成本にはいわず、二人の山行計画に変更がないかどうかを、電話で確かめています。それから、ナイフを用意して燕岳に登り、二人が山頂に着いたところへ襲いかかっています」

「伊戸井が殺されていた現場に、ナイフはなかったが」

「彼を殺した犯人が持ち去ったのでしょう」

四賀課長はしばらく考えているようだったが、これまでの捜査を整理して検討し直すために、いったん帰署してはどうかといった。が、道原は調べたいことがあるので、出張をもう一日延期させてもらいたいといった。

21

築地署で風間刑事に会った。伊戸井の身辺から寺崎と成本を割り出し、二人を追及したことを道原は話した。

「寺崎と成本は、伊戸井を殺っていない……」

風間は腕を組んだ。寺崎と成本の供述は信じられるのか、といっているようだった。

「十月五日の夜、伊戸井は古屋と飲んでいてビル火災に遭遇しました。火災に遭わなかったら、彼は自ら行方不明にならなかったような気がします」

道原はいった。

「火災現場から脱出した直後に、寺崎と成本を山で殺すことを思い立ったんでしょうか？」

「伊戸井は、一緒に飲んでいた古屋は、確実に死ぬと思ったでしょうね。いや、脱出する前に、古屋は死んでもかまわないと思ったような気がします。伊戸井は古屋に、少年時代からの恨みがあった。古屋がなじみの店で悠然と飲む姿を目の当たりにしているうち、昔の恨みが沸騰してきたということも考えられます」

「だとしたら、火災を知った瞬間、古屋に声もかけず、まっ先に店を飛び出した。だから彼は無傷で脱出できた……」

「無事だったのを実感したとたんに、古屋を見殺しにしたという思いにとらわれたのではないでしょうか。それは悔恨でなく、積年の恨みを晴らしたという思いだったような気がします。次の瞬間、彼の頭には、寺崎と成本の顔が浮かんだのではないでしょうか。その二人とは、十月十五日に山に登ることになっていた。古屋を見殺しにしたついでに、寺崎と成本を殺すことを思いついた。それで火災に巻き込まれたのを機に、自ら行方不明になることを考えた……」

「なるほど。伊戸井には前から、寺崎と成本に仕返ししたいという意識があったからでしょうね」

風間はタバコに火をつけた。

「クラブ・オリーブのホステスの門倉好枝の消息は分かりましたか？」

道原は、風間の指先からくゆるタバコの煙を目で追った。

「依然として行方不明のままです。あのビルの中にはもう遺体はありません」

「伊戸井と同じように、無傷で脱出したのでしょうか？」

「それしか考えられませんが、無傷で逃げ出すことのできた人が、自宅に帰らないし、どこにも連絡しないというのが解せません」

道原は、門倉好枝の身辺を独自に調べたいが承知してもらいたい、といった。風間は了解した。

好枝の住所は中野区で、年齢は三十三歳となっている。

この前、道原たちは中央区内の病院に、オリーブのママとホステスの夏見を訪ねて話をきいた。二人はまだ入院中かと風間にきくと、夏見は退院したという。彼女の住所は江東区だった。

夕方になった。買い物客でにぎわう商店街を抜けた。夏見の自宅は五階建てのマンションだった。インターホンを鳴らすと、「どなた?」と、女性が応じた。

彼女の頭にはまだ包帯があった。茶色に染めた髪を後ろで結えている。

彼女は、「上がってください」といって、緑色のスリッパを二足そろえた。

怪我の具合はどうか、と道原がきくと、もう頭にも腰にも痛みはないといいながら、包帯に手を当てた。

好枝のことをききたいというと、

「まだ連絡がないんですか?」

と、夏見はまるい目をした。いくぶん肉づきはいいが愛嬌のある顔立ちである。

「好枝さんは、オリーブに入って一年半か二年経っていたということですが、彼女を気に入って店にきていたお客さんはいたでしょうね?」

「何人もいました」

「何人も……。人気があったんですね」

「きれいだし、頭のよさそうな感じですから、ああいう雰囲気の女性が好きなお客さんは、結構多いようです」

「好枝さんはオリーブに勤めるのが二店目ということでしたが、お客を持っていたんですね?」

「前に勤めていた店で知り合ったお客さんが、何人か通ってきていました。元々オリーブのお客さんでしたけど、好枝さんが入ってからよく見えるようになった人もいました」

「好枝さんと特別親しくしていたお客はいないでしょうか?」

「特別親しかったかどうか知りませんけど、彼女が前に勤めていた店のころからのお客さんで、春日《かすが》さんという人とは、たまに同伴出勤していました」

「あなたは、春日という人の席についたことがありますか?」

「何回もあります」

「職業か勤務先を知っていますか?」

「お医者さんです」

「開業医？」

「目黒区で内科医院をやっているということでした」

「何歳ぐらいの人？」

「五十半ばだと思います。好枝さんと同伴しないときは、十時すぎに見えて、一時間ぐらいいて、お帰りになっていました。あまりお酒を飲まない先生です」

そのほかに好枝を目当てに通ってきていた客はいなかったかときくと、二、三人はいたが、名前も職業も知らない、と夏見は答えた。

道原と伏見は、夏見の話をメモした。


次の日、目黒区の医師会へ、春日という五十代の開業医がいるかを問い合わせた。春日内科医院の所在地が分かった。道原たちは医院の昼休みを狙ってそこを訪ねた。レンガ色をした医院は住宅街の坂道の途中にあった。

夏見がいったとおり春日医師は五十半ばだった。小太りの医師は、診療所に隣接した自宅へ、二人の刑事を上げた。

門倉好枝を知っているか、と道原がきくと、行きつけのクラブの女性だと答えた。

「オリーブの入っているビルが焼けたのをご存じですね？」

「知っています。大勢死者が出ましたね」

「門倉さんは、逃げ出したようですが、行方が分からなくなっています」

「新聞には亡くなった人の名前が載っていましたが、彼女の名はありませんでした。どうしたのか気になって、怪我人が収容された何か所かの病院へ問い合わせましたが、彼女の該当はありませんでした。それからも毎日、新聞を注意して見ています」

「門倉さんは自宅にも帰っていません。あなたは彼女の電話番号をご存じでしたか？」

「携帯の番号を知っているので、それに何回も掛けました。きのうも掛けましたが、電源が切られているということです」

「彼女は、どうしていると思われますか？」

道原は医師の丸い顔に注目した。

「初めは亡くなったのではないかと思いました。だが新聞に名前が出ない。どうしたのか気にしているだけで、消息がつかめないことの見当はつきません」

春日医師が好枝を知ったのはほぼ三年前だという。彼は友人の医師と銀座で食事したあと、その友人の知っているクラブへ飲みに行った。好枝が二人の席についた。おとなしげで静かに話す彼女を春日は気に入った。友人が用足しに立ったスキに、彼は彼女に名刺を渡した。彼女には、医師の知り合いは一人もいないといった。

好枝に初めて会って一週間か十日後、彼は店にいる彼女に電話を掛けた。一緒に食事ができるかときいたのだった。『うれしい』と彼女は答えた。彼は食事をする日を約束した。

その日はあいにく冷たい雨が降っていた。彼女は黒のハーフコートに黒のパンツ姿だった。銀座のデパートの前で待ち合わせしたのだが、彼を認めると、彼女はさしていた傘をたたんで頭を下げた。礼儀の心得のある彼女に、彼はますます好感を持った。

二人は和食の店に入った。彼女が望んだからだ。これも彼女の希望で日本酒を取った。彼は酒が弱いといった。『この前、お店にお見えになったとき、あまり召し上がらなかったので、そうではないかと思いました。すみません。わたしは強いほうなんです』彼女は目を細めて彼の注ぐ酒を受けた。二本飲んだが彼女の顔色は変わらなかった。

好枝は春日の趣味をきいた。彼は絵を観ることと山登りだと答えた。

『わたしも山が好きなんです』

『そう。どこへ登ったの？』

『北アルプスにも南アルプスにも登りました』

『じゃあ、山友だちがいるんだね？』

彼はきいたが、なぜか彼女のうなずきかたは曖昧だった。もしかしたら彼女にはかつて一緒に登る仲間がいたが、その人が病気か怪我でもして、山をやめてしまったのではないか、と彼は想像した。

山には毎年登るのかときくと、今年は一度も登っていないと答えた。が、その声は細かった。山友だちと気が合わなくなったのではないかと、彼はまたべつの想像をした。山の話に気乗りしない彼女を見て、彼は話題を変えた。

店へ同伴した。好枝は薄い色のスーツに着替えて彼の席についた。彼は口にしなかったが、好枝には黒い服装のほうが似合っていた。

その後彼は、月に一度ぐらいの割り合いで彼女と食事し、店へ伴った。

二年近く前、好枝は店を移った。彼女はその理由を詳しく話さなかったが、待遇に不満があったようだった。

彼女の移ったオリーブは、前にいた店よりも小規模だった。ママのほかにホステスが五人いたが、その中で好枝の容姿は目立っていた。服装が地味な点もかえって彼女を引き立てていた。

春日は月に二度、銀座へ出ることにした。そのうち一度は好枝を食事に誘い、店へ同伴し、一度は彼女のいる店へ直接飲みに行った。次の日の診療のことを考え、いつも一時間あまりで切り上げるようにしていた。

好枝がオリーブに移って二か月ほどしたころだったろうか、食事をともにしているあいだに彼女はこんなことを春日にきいた。山で出会った人の名前と住所を知る方法はないかというのだった。

『山で出会ったというと？』

彼は箸を使いながらきいた。

『通りすがりの人です』

『男性？』

『はい』

『たとえば、登る途中で言葉を交わしたということ？』

『まあそうです』

『あなたには気になる男だったんだね？』

『ちょっと……』

『どういう場所で出会ったの？』

『北アルプスの稜線です。わたしが休んでいるところへ、その人は通りかかりました』

登山者の多い北アルプスならそんなことはしょっちゅうある。槍ケ岳周辺や穂高でなら、人に会わないことのほうが珍しい。

『その男は、単独だったの？』

『はい』

『あなたは？』

『わたしも独りでした』

『休んでいるあなたに、その男はなにかしたということ？』

『いいえ。二言三言、話をしただけです』

『その男に、何時ごろ出会ったの』

『午前十時半ごろでした』

『近くに山小屋はあった？』

『稜線沿いに山小屋はありましたけど、どちらの山小屋にも二時間以上かかる地点でした』

　縦走路の山小屋と山小屋の中間地点ということか。

『その日、あなたはどちらかの山小屋に泊まり、二時間以上歩いて、休んでいたということだね？』

『そうです』

『じゃ、出会った男も、前日はどちらかの山小屋に泊まったんじゃないだろうか？』

『そうだと思います』

『どうしてもその男の氏名と住所を知りたいのなら、前日、彼が泊まったと思われる山小屋へ、事情を話して問い合わせるか、そこへ登ってきいてみてはどうだろうか。事情によっては教えてもらえるんじゃないかな。……しかし、単独行の登山者が何人もいた場合、あなたの知りたいのがどの人か分かるかどうか』

春日は、なぜその男の氏名と住所を知りたいのかときいたが、彼女は薄く笑い、ごまかすようにわずかに首を横に振った。北アルプスのどこで、いつその男と出会ったのかをきいたが、それにも彼女は言葉を濁した。そのとき春日は、好枝の秘密を嗅いだ気がした。それまでの彼女は、自ら個人的なことを話さなかった。彼が彼女からきいたことは、北海道生まれで、両親は数年前に死亡。上京以来、独り暮しということぐらいだった。

「先生が門倉好枝さんと初めてお会いになったのは、三年ほど前ということでしたね？」

道原はノートを手にしてきいた。

「ええ」

「その一週間か十日後、門倉さんと二人で食事をなさった。そのとき彼女に先生の趣味をきかれたので、絵を観るのと山登りだとお答えになった。それをきいて彼女は、『わたしも山が好きなんです』といって、北アルプスにも南アルプスにも登ったことがあるといったが、『今年は一度も登っていない』といったんですね？」

「たしか、そういっていました」

「すると前の年、つまりいまから四年前には登ったということでしょうか？」

「そうだと思います」

「先生と知り合ってから、山に登っているでしょうか？」

「登っていないんじゃないでしょうか。山へ行ってきたという話はついぞきいたことがありません」

「彼女は、山で出会った男の氏名や住所を知る方法はないかと、先生にきいた。その男と出会った山行は、四年前でしょうか？」

「たぶんそうでしょう。私の想像では、四年前の登山のとき、山中でなにかが起きたような気がします。それで、それ以降山には登っていないんじゃないでしょうか」

「門倉さんは先生のアドバイスで、山で出会った男の氏名や住所を、山小屋に問い合わせしたでしょうか？」

「さあ。それ以来、彼女から山に関する話をきいていないような気がします」

「先生は、彼女の住所をご存じですか？」

「中野区だときいてはいましたが、どんなところに住んでいるのかは知りません。職業上、客には独り暮しといっている女性が多いから、彼女もはたして独りかどうかは分かりません。私は、彼女と一緒に食事したり、飲んだりできれば充分と思っていました。ですから私生活を細かくきこうともしませんでした。そのほうが彼女も気が楽でしょうからね」

道原と伏見は、ノートをポケットにしまった。

22

門倉好枝が山登りをしていたという春日医師の話は意外だった。

道原は、きのうの夕方訪ねた夏見の自宅に電話した。銀座のビル火災からきょうで二十日近く経過していたが、怪我をした彼女はまだ働くことができず自宅にいた。彼女が勤めていたオリーブのママは、まだ退院できないでいるということだった。店を再開するかどうかのメドも立っていないらしい。夏見は自身の生活を気にかけていた。

彼女はすぐに電話に応えた。

好枝は山が好きで、以前はときどき登っていたらしいが、彼女から山の話をきいたことがあるか、と道原はきいた。

「知りません。好枝さんから山の話なんかきいたことはありません」

好枝は、好意を持って店に通ってきていた春日医師にだけ、登山をしていたことを話したのだろうか。めったな人には山の話をしなかった点が、道原には気になった。

それと、ビル火災現場から逃げ出して消息の分からなくなった二人に、登山経験があった。これは単に偶然だろうか。

道原は、門倉好枝の身辺を洗うことを四賀課長に伝えた。課長は了承した。

「火災現場からいなくなった伊戸井宗一と門倉好枝が山をやっていた。二人は知り合いだったんじゃないだろうね？」

「オリーブのママとホステスの話だと、伊戸井はその店に初めてきた客ということです。古屋に連れられて伊戸井がきた日、好枝は彼らの席にはつかなかったということです」

道原は、春日医師からきいた話を報告した。

「山の中で出会った男の名前や住所を知りたがっていたが、その理由も、どこの山で男と出会ったかもいわなかったのか。門倉好枝は、その男の所在を突きとめようとしていることを、めったな人には知られたくなかったんじゃないか」

「私も同じように受け取りました」

好枝は、山中で出会った男に好意でも持ったのだろうか。それなら名乗り合ってもよかったように思われる。彼女が山中で出会った男の氏名や住所を知る方法はないか、と春日医師に相談したのは二年ぐらい前のことだ。彼女が男と出会ったのは、それより二年ほど前のことらしい。彼女は二年間も、その男の身元を知りたいと考えつづけていたのだろうか。

道原たちは、築地署できいた門倉好枝の住所へ行った。そこは中野駅から歩いて十分ほどの住宅街にある三階建ての小さなマンションだった。

マンションの家主は三階に住んでいた。髪の白い主婦が玄関を開けた。

好枝が行方不明になっていることを知っているかときくと、この前、警察の人が訪ねてきてそれを知った。それまでは気がつかなかったと主婦は答えた。

「警察の方に、十月五日の夜から行方不明だと伺ったものですから、夜になると部屋に電灯がつくかどうかを、ときどき見ていますが、ずっと帰ってきていないようです。いったいどうしたというのでしょうね」

前家賃を受け取っているので、家主といえども勝手に部屋を開けて見るわけにはいかないという。

家主の話で、好枝が入居したのは三年前ということが分かった。

「独り暮しですか？」

「初めからお独りです」

「訪ねてくる人はいますか？」

「見たことはありません」

「門倉さんが、銀座のクラブに勤めていたことはご存じですか？」

「入居のときにそういっていましたので。……銀座のクラブで働いているときききましたので、なんとなく派手な人のような気がしましたけど、門倉さんは水商売をしているようには見えません。夕方の六時か六時半ごろここを出ていきましたが、たいてい黒かグレーの服を着ていました。背がすらっとしているからでしょうが、細身の黒のパンツがよく似合う人です」

「人柄はどんなですか？」

「門倉さんの部屋は二階ですが、めったに会いません。会えば軽く挨拶する程度で、長い時間話したことはありません。口数の少ない静かな感じの人です。三十三歳ということですが、いくつか若く見えます」

登山好きということだが、知っているかときくと、

「登山が……。それは知りません。山登りをするような女性には見えません」

主婦は意外だという顔をした。

入居以来変わったことはないかときくと、去年の秋、台風が襲った日に好枝の部屋のガラスが割れた。物が飛んできて窓に当たったのだった。そのとき、主婦は初めて彼女の部屋に入った。調度は飾り気がなくて、女性の住まいにしては殺風景だったという。

「刑事さん」

主婦は声をひそめた。「銀座の火事では三十何人もが亡くなりましたが、門倉さん

も亡くなったんじゃありませんか?」

「いや。亡くなっていれば、とうに発見されています」

「そうですね」

主婦は白い頭を傾げ、好枝がこのまま帰ってこなかった場合、どうしたらよいかときいた。

道原は彼女の身内をさがす。身内が見つかったら連絡すると答えた。


好枝の前住所は同じ中野区内で、新宿区境に近いことが分かった。

そこは五階建てのマンションだった。隣接地に住む家主に会った。好枝は五階の部屋にほぼ三年間住んでいた。

独り暮しだったのかと家主にきくと、妹と二人で暮していたのだという。

入居当初は好枝が独りで暮していたが、しばらくして妹を北海道から呼び寄せた。姉妹は十歳ぐらいの差があった。二人とも勤めていたが、休みの日などは二人そろって出かけることがあり、仲のよい姉妹だと家主はみていたという。

「現住所では独り暮しでしたが、妹さんとは別居したのでしょうか。それとも妹さんが結婚したとか?」

道原がきいた。

「いいえ」

家主は首を振った。「妹さんは葉子《ようこ》さんという名でしたが、いまから四年ぐらい前だったでしょうか、姉妹で登った山で亡くなったんです」

「登山中に……」

道原はつぶやいた。

彼の横で伏見はペンを動かした。

「どこの山で亡くなったのか、ご存じですか？」

「たしか長野県の北アルプスでしたが、山の名前までは覚えていません」

「遭難ですね？」

「秋だったと思いますが、雨に遭って濡れたのが原因ということでした。山から病院に運ばれましたが、助からなかったと、好枝さんはいっていました」

「四年前というのはまちがいないですか？」

道原は念を押した。

家主方の主婦は指を折ったが、マンションを出ていく一年ほど前だったと答えた。

道原は春日医師の話を思い出した。春日が好枝を知ったのが三年前。知り合って間もなく彼と彼女は食事をした。春日は好枝に趣味をきかれたので、絵画を観ることと山登りだと答えた。それをきいた彼女は、『わたしも山が好きです』といい、『今年は山に登っていない』といった。前年までは登っていたということのようだった。

「好枝さんと葉子さんは、たびたび登山をしていましたか?」

「葉子さんは東京にきてから、好枝さんに連れられて登っていたということです。好枝さんはその前から登っていたといっていました」

道原は姉妹の暮し向きをきいた。

「葉子さんのほうが少し上背がありましたが、二人ともほっそりした体型がよく似ていました。若いのにいつも地味な服装で、質素な生活をしているように見受けられました。好枝さんは葉子さんを呼び寄せるために、二部屋あるこのマンションに入ったんです。三年前、ここを出ていくときは、独り暮しだからせまいところへ引っ越すといっていました」

「好枝さんは銀座のクラブに勤めていましたが、こちらにいるときもそうでしたか?」

「水商売で働くようになったのは、葉子さんが亡くなってからです。それまでは昼間のお勤めでした」

「東京に係累はいるようでしたか?」

「いなかったようです。ご家族については詳しく知りませんが、ご両親は北海道で亡くなったということでした」

家主の話によると、好枝は身寄りの少ない人のようである。

23

公簿を調べた。門倉好枝の年齢が正確に分かった。三十三歳。生まれは北海道上川《かみかわ》郡上川町で、二十六歳のとき、出生地から東京へ出てきたことが記載されていた。妹葉子は、四年前の十月、長野県松本市で死亡。十九歳だった。父は、好枝が二十五歳のとき、母は、好枝が二十八歳のとき、上川町で死亡となっている。

好枝には葉子以外に兄弟はいなかった。

道原と伏見は豊科署へ帰った。早速開かれた捜査会議で、道原は東京で調べたことを細かく報告した。

「門倉好枝が三年前、春日という医師に、山で出会った男の身元を知る方法はないかと相談している。彼女はその年には山に登っていなかったようだ。彼女が身元を知りたい男と山で出会ったのは、四年前かそれ以前ということになる。妹の葉子が死亡したのは四年前だ。松本市内で死亡したことになっているが、そこは病院じゃないだろうか」

四賀課長がいった。

「私もそう思います。好枝の前住所の家主の話だと、葉子は好枝とともに登った山で雨に遭い、それが原因で収容された病院で死亡したということでした。葉子が死亡することになった山行と、身元を知りたい男と山で出会ったこととは、関係がありそうな気がします」

道原がいった。

「山で雨に遭うことは珍しくない。好枝も葉子も雨具を用意して登ったはずだ。それなのに死亡したということは、ただ雨に濡れただけじゃなさそうだね」

「長時間、雨に打たれていたために、衰弱したのが原因で死亡したんじゃないでしょうか」

「近くの山小屋へ避難しなかったのかな？」

「避難できない状態だったことも考えられます」

「病院へ収容されたということは、救助隊の手を借りたんだろうね」

「たぶんそうでしょう」

四賀課長は、山岳遭難救助隊主任の小室《こむろ》を会議場へ呼んだ。

十分もすると、陽焼けした顔の小室がファイルを抱えて現われた。

四年前、管内の山岳地で発病か怪我をした女性を、松本市内の病院へ収容したが、その女性は死亡した。記憶はあるか、と四賀課長はきいた。

「四年前ですね」

小室はファイルを繰った。

「死亡した女性は門倉葉子といって、当時十九歳だった」

道原は小室が見ているファイルをのぞいた。

「門倉葉子……。ありました。蝶ケ岳ヒュッテから、登山者の手で病人が運ばれてきたという通報がありました。そこで県警本部に連絡し、ヘリの出動を要請しました。ヘリは病人を松本のS病院へ運びましたが、意識不明のままその日のうちに死亡したという連絡を病院から受けました。門倉葉子は姉の好枝と二人登山でした。十月五日の朝、常念小屋を出発して蝶ケ岳へ向かっていましたが、雨が降りはじめ、葉子が足を怪我して歩けなくなったんです。二人は森林帯に避難しましたが、葉子は夜中に発熱しました。次の日の午前九時ごろ、通りかかった三人パーティーによって蝶ケ岳ヒュッテへ運ばれました。すでに葉子の意識はなかったと記録されています。この病人の病院への収容には、うちの及川《おいかわ》が当たっています」

及川は救助隊のベテラン隊員だ。遭難事故発生のたびに現場へ登って、指揮を執っている。

捜査会議は終った。

道原は小室のあとについて救助隊室へ入った。及川は書類に顔を伏せていた。山男らしい肩幅の広い男である。

小室がファイルを開いて見せ、この遭難者救助を覚えているか、と及川にきいた。

及川は記録を一読して、思い出したと答えた。

道原は及川の正面の椅子に腰掛けた。

「姉の門倉好枝から、葉子が怪我をしたときのようすや、森林帯で一夜を明かすことになったもようをきいただろうね？」

「ききました。姉の好枝は毎年のように山に登っていたが、葉子は二度目の山行ということでした」

及川は記録に目を落としながら話しはじめた。

――好枝と葉子は、四年前の十月四日の午後、常念小屋に着いて一泊した。翌五日の天気予報は、午後になって雨が降るということだった。前夜、この予報をきいた姉妹は、五日の早朝、山小屋を発って蝶ケ岳ヒュッテに向かった。雨が降る前に山小屋に着こうとしたのだった。常念岳と蝶ケ岳を越える行程は約五時間だ。正午前には蝶ケ岳ヒュッテに着けると見込んで、稜線コースを南に向かっていた。二時間半ほど進んだところで小雨が降りはじめた。二人には雨具の用意はあったが、山小屋利用の計画だったのでツエルトは持っていなかった。二人は足を早めた。薄い霧が稜線を這った。夕方が訪れたように山が暗くなった。

葉子が岩の突起につまずいて転倒した。彼女は右足を押さえて起き上がらなかった。足首を捻挫したか骨折したようだった。しばらくじっとしていたが痛みはおさまらないといった。

小雨は降ったりやんだりした。二人を不安にしたのは霧だった。それは次第に濃くなっているようだった。

好枝は登山者が通りかかるのを祈った。通りかかった人に手を借りて、葉子を最寄りの山小屋へ運ぶつもりだった。昨夜の常念小屋はすいていたが、蝶ケ岳へ縦走する登山者は何人かいるはずだった。

葉子が怪我をして一時間ほどすると、雨がときどき強く降るようになった。彼女の顔から血の気がひいた。好枝も寒さに奥歯が鳴った。

好枝は葉子の肩を抱いて歩いた。一〇メートルも進まないうちに息が切れてしゃがみ込んだ。

雨は激しくなった。依然として常念のほうからも蝶のほうからも登山者はやってこなかった。好枝は葉子を引きずるようにして森林帯に避難した。稜線の縦走コース上にいないかぎり登山者に会えないことは分かっていたが、葉子を少しでも雨から守りたかった。

森林帯の斜面を下り、平坦な場所を見つけて葉子をすわらせた。枯れ落ちた枝を拾い集め、雨をふせいだ。ザックの中身を出して、葉子に足を入れさせた。葉子をそこに置いて、山小屋へ救助要請に走ることを考えたが、独りにしたら彼女は凍え死にそうな気がし、離れることができなかった。

夜の訪れとともに雨はやんだ。だが二人の着ている物はぐしょ濡れだった。夜が更けてから、葉子は軽い咳をしはじめた。額に手を当てると火のように熱かった。葉子は好枝の手を固く握り、歯を鳴らした。葉子を食べさせたが、腹を絞るような声とともに吐き出した。寒さは真冬のようだった。

好枝は、まんじりともせず葉子の冷たいからだを抱いて夜の明けるのを待った。朝になれば誰かがかならず通る。通りかかった人がいたら、すがりついてでも葉子を最寄りの山小屋に運んでもらうつもりで、時間の経過を待った。

朝霧が薄くなった。葉子は咳をして震えていた。好枝は稜線に登った。二時間ほどすると、神経の尖った耳に小さな足音が近づいてきた。「早くきて」彼女は思わずつぶやいた。足音だけでなく、人声も近づいた。これで葉子は助かる、と好枝は思った。

常念側からやってきたのは、男の三人パーティーだった。好枝を見つけた三人は彼女に駆け寄った。彼女は涙を流しながら、森林の中に怪我をして動けない妹がいるのを話した。

葉子は屈強な男に背負われた。好枝はべつの男の肩につかまった。

男たちは交代しては葉子を背負った。蝶ケ岳ヒュッテまでは三時間を要した。

山小屋では乾いた物に着替えをさせてくれた。だが葉子は目をつむったままものをいわなかった。病院へ運ばないと危険だ、と山小屋の女主人がいった。警察のヘリコプターが到着したのは、それから一時間半後だった――

「雨の降った十月五日は、誰も通りかからなかったと好枝はいったんだね？」

道原は及川にきいた。

「誰かが通れば、その人の手を借りて葉子を山小屋に運ぶか、あるいは山小屋へ救助要請をしてもらえたでしょう。二人は不運だったとしかいいようがありません」

「常念と蝶の間を歩く人は少ないんだね」

「夏場は登山者がかなりいますが、十月だとぐっと減ります。これが穂高なら、一日中人に会わないということはないでしょうけど」

道原は、小室と及川に、門倉好枝が去る十月五日夜の銀座のビル火災以降、消息を絶っていることを話した。それから、クラブのホステスである好枝を気に入って、彼女の勤める店へ通っていた春日医師がいったことも話した。何年か前に山で出会った男の名前と住所を、どうやったら知ることができるかと、春日に相談した話である。

「好枝から相談を受けた春日という人は、男の名前や住所を知る方法を、彼女に教えたんですか？」

　小室がいった。

「春日は、その男が山小屋に泊まっていれば記録があるはずだから、名前を知りたい事情を説明して、問い合わせてみてはどうかとアドバイスしたというんだ」

「いつの山行でその男と出会ったのかを、彼女は春日医師に話したでしょうか？」

「彼女はそれを話さなかった。その男と出会ったのは北アルプスの稜線というだけで、その場所もはっきりいわなかったというんだ」

「男は単独だったんでしょうか？」

「そうらしい。好枝も単独で、稜線で休んでいるところへその男が通りかかった。彼女と男は、二言三言話しただけというんだが」

「それがいつのことなのか、場所がどこかもいわなかった。……彼女にとってはいいにくいことだったんでしょうか？」

「春日医師は、好枝にはなにか秘密がありそうだと感じたといっている」

「好枝は、山で出会った男に再会したいと思っていたということではなさそうですね？」

「ただ会いたいということではなくて、複雑な事情がありそうな気がするんだ。事情が事情だから、春日医師に、なぜその男のことを知りたいのかも打ち明けなかったんじゃないのかな」

「好枝が身元を知りたい男と、葉子の死亡とは関係があるんじゃないでしょうか？」

小室は目を光らせた。

「葉子を背負って蝶ケ岳へ運んだ三人の名前や住所を、好枝は知っているだろうね？」

道原は及川にきいた。

「知っているはずです。好枝は蝶ケ岳ヒュッテで、三人の名前をきいたと私にいいました」

「及川君は、葉子の死後、好枝と会っているんだね？」

「会いました。病院から葉子が死亡したという連絡を受けたので、私は病院へ行きました。そこで、葉子がどこで怪我をして動けなくなったのかや、森林帯に避難したときのもようなどを、好枝から詳しくききました」

「そのときの好枝のようすを覚えているかね？」

「彼女のことは、いまも強く印象に残っています」

及川はタバコに火をつけた。煙がしみてか目をこすった。四年前の遭難救助を思い出してか、顔を窓のほうに向けた。

——及川が病院へ駆けつけたのは夜だった。好枝は薄暗くて長い廊下を、及川に向かって近づいてきた。黒の丸首セーターに黒いパンツ姿の彼女は影が歩いてくるように見えた。

及川の前に立った彼女は、無言で頭を下げた。及川は悔みを述べた。彼女の両頬が痙攣《けいれん》するように動いた。その表情は、「悔しい」といっていた。泣きはらしたらしい赤い目は、炎のように光っていた。

及川は、身内の人に連絡したか、ときいた。彼女は首をゆるく横に振った。

二人は長椅子に腰掛けた。好枝は、たった一人の身内を失くしてしまった、と細い声でいい、また頬を震わせた。彼女の話で、北海道出身であること、両親はすでに死亡していることを及川は知った。

及川は警察官として、葉子の遭難のもようを詳しくきいた。好枝は、何度かタオルを鼻に当てたが、淡々とした口調で説明した。

常念や蝶は初めてかときくと、前の年に逆コースで登った。そのときは単独行だった。危険な個所はないし、歩きやすいコースだったので、山登りに馴れていない葉子にも無理はないと思ったから連れてきたと答えた。

及川は彼女の登山歴をきいた。北海道にいたときは、毎年夏になると道内の山に登っていた。高校時代の教師が山好きで、その人に案内されて登ったのが最初だった。卒業後も、その教師と同級生らとともに登っていた。

上京してからは山仲間ができなかった。ガイドブックを見ては単独で低い山から登りはじめた。穂高に二回登り、今回が北アルプス登山の四回目だった、と語った。

好枝が話していたとおり、葉子の死亡を知って松本へやってきた人はいなかった。葉子が死んだ翌々日、松本市で火葬をすることになった。好枝独りでは寂しかろうと思った及川は、斎場へ救助隊員を三人呼んだ。四人の救助隊員にはさまれて好枝は、煙突からのぼる薄い煙を見上げて手を合わせていた。及川と三人の隊員は、悄然《しょうぜん》として立つ好枝の姿を見て目をうるませた——

24

道原は、東京の水野《みずの》という男の自宅に電話を掛けた。水野は四年前の十月、常念岳と蝶ケ岳の中間地点から、門倉葉子を蝶ケ岳ヒュッテへ運んだ三人パーティーのリーダーである。

女性を救助したのを覚えているか、と道原はきいた。

「覚えています。二十年ぐらい山をやっていますが、怪我人を助けたのはあのときが初めてでした。姉妹で登って、妹さんが怪我をして動けなくなったのでしたね。門倉さんという姉妹でした」

道原は、門倉葉子が遭難した記録を読み、彼女をヘリで松本市の病院へ運んだ救助隊員からも当時の話をきいたが、水野からは怪我人を山小屋へ運んだときのもようをききたいといった。

「あれはたしか四年前の十月六日でした。私たちは十月四日に、燕岳から大天井を経て常念小屋に着きました。私たちが山小屋に着いたとき、門倉さん姉妹はストーブに当たっていました。私たちもストーブの周りに寄って、あの姉妹と話したのを覚えています。姉さんは何年も山をやっているけど、妹さんは山の経験が浅いということでした。姉さんはきれいな人でしたが、妹さんより口数が少なかったのを覚えています。……五日の朝、計画どおりに常念小屋を発って、蝶から横尾へ下ることにしていたのですが、メンバーの一人が腹の調子が悪いといいだしました。それで私たちは出発をためらっていました。門倉さん姉妹はとっくに山小屋を出発しました。前の晩にきいた天気予報では、その日は午後から雨ということでした。それで門倉さん姉妹は朝早く出発したのです。雨が降る前に蝶の小屋へ着くつもりだったようです。私たちは出発を二時間以上遅らせました。それでもメンバーの一人の腹の調子はよくなりませんでした。外のようすを見ているうちに小雨が降りはじめ、霧も出てきました。それでその日の縦走を取りやめました。予備日がありましたので、一日ぐらい下山が遅くなってもどうということはありませんでしたから」

「門倉姉妹が山小屋を発ったあと、彼女らと同じように蝶へ向かった人はいなかったですか？」

「どうでしょうか、覚えていません。いや、いなかったんです。あとで門倉さんの姉さんが、誰一人通りかからなかったといっていましたから」

「あなたたちは、十月五日は常念小屋を出ずにいて、六日の朝、出発したのですね？」

「調子を崩したメンバーは回復しましたので、六日の朝は七時ごろ出発しました。前の日とは打って変わっていい天気でした。常念の山頂で、槍や穂高を眺めて、写真を撮りました」

常念小屋を発って二時間あまり進むと、稜線に女性が立っていた。雨衣を着ているが蒼い顔をして顎を震わせていた。近寄ると、前日の朝山小屋を出ていった姉妹の姉だった。

『どうしたんですか？』水野は彼女の腕を掴んだ。

『きのう、妹が怪我をして、動けなくなりました』彼女は稜線の西側を指差した。

三人はザックを下ろした。彼女とともに斜面を下って森林帯に入った。妹は枯枝に囲まれて横になっていた。顔色は死人のようだった。抱き上げると、着衣から水がしたたった。半ば口を開けていたが、息は絶えだえだった。

水野たちは交代で妹を背負って運ぶことにした。姉妹のザックもずぶ濡れだった。姉のほうはメンバーの肩につかまって、やっと歩いた。

蝶ケ岳ヒュッテまでは三時間かかった。山小屋の女主人は、姉妹を乾いた物に着替えさせた。口も利けない妹を見て、危険だ、といって、警察に電話を掛けた。

ヘリコプターが到着するまでの間、水野は姉に、通りかかった人に救助要請をしなかったのか、ときいた。彼女は、『一人も通りかかりませんでした』と答えたという。

「妹さんは、山から病院へ運ばれた日に亡くなりました」

道原はいった。

「そのことは新聞に載っていました。私たちが彼女たちと同じ日に常念小屋を発っていれば、妹さんは亡くなることはなかったのにと、あとでメンバーと話したものです」

「姉さんは、好枝さんという名ですが、あとから連絡がありましたか？」

「丁重な礼の手紙をいただきました。たった一人の身内を亡くしたと書いてあって、私は泣かされました」

水野は好枝からの手紙を思い出してか、声を震わせた。

水野は好枝に、悔みの手紙を送った。好枝からはその後、音沙汰はないという。

「刑事さん。いまごろになって門倉さんのことをおききになるのは、どういうことですか？」

水野は鼻をすすった。

「管内で起きた事件を調べているうちに、門倉好枝さんの名が出ました。彼女は去る十月五日の夜から行方知れずになっています。事件とは無関係と思いますが、私たちの管内で妹さんが遭難しているのを知ったものですから、それで伺ってみたまでです」

「十月五日に行方不明……。妹さんが山で怪我をしたのが、四年前の十月五日でした」

なにかの因縁ではないか、と水野はいいたげだった。


好枝は葉子を松本で荼毘《だび》に付し、遺骨を抱いて帰った。東京には墓がないはずだから、郷里の北海道へ埋葬したのだろうか。

道原はそれに思いつき、好枝の前住所の家主宅へ電話した。主婦が応じた。

「覚えています。夜でしたが、好枝さんがわたしのところへ見え、『じつは妹が山で亡くなりました』といいました。主人もわたしもびっくりして、どうしたのかときき ました。好枝さんは病人のような蒼い顔をして、『わたしが妹を山へ連れていったのがいけなかった』と話しました。いつもはおとなしげに見えましたが、気丈なんでしょうね、泣かずに淡々と話していたのを覚えています。主人とわたしは、すぐにお花と線香を用意しました。葉子さんのお骨は、小さなテーブルの上にのせてありました。それを見て、わたしのほうが泣けて泣けてしかたありませんでした」

主婦は声をつまらせた。

「葉子さんのお骨はどちらへ埋葬したのかご存じですか？」

「四十九日がすむまで、好枝さんはお部屋に置いていましたが、ご両親のお墓へ納めるといって北海道へ出かけました。リュックを背負って、黒い布に包んだ葉子さんのお骨を抱いた好枝さんを、わたしたちは見送りました。一緒についていってあげたい気持ちでした」

好枝は四、五日して帰ってきたという。

その後、好枝は何度も北海道へ行ったかときいたが、それは知らないと主婦は答えた。

去る十月五日にビル火災に遭った好枝は、東京にいるのがいやになって、郷里へ帰ってしまったのではないか。それにしても、その夜から帰宅しないというのが解せない。

道原は四賀課長に、好枝の郷里へ行かせてもらえないかと頼んだ。

「門倉好枝は、郷里へ行ったきり、東京へもどってこないんじゃないかというのかね？」

「ビル火災のあと、彼女が郷里を訪ねているかどうかを知りたいんです。彼女の消息を知っている人が、郷里にいるかもしれません」

それと彼女の生い立ちを道原は知りたかった。彼女については、同僚であるオリーブの女性従業員や、店の客の春日医師にきいたが、いまひとつ実像がつかめていない。山で出会った男の身元を知る方法はないかと、春日医師に相談したことがあったというが、それはなんのためだったのか。

好枝は、おとなしげで、口数が少なく、知的な風貌をしているということだが、写真を見たわけでもなく、顔立ちのイメージが浮かんでこない。彼女の普段着の好みは寒色のようだ。

課長は腕組みしていたが、道原が単独で行くなら許可しようといい、日程は二泊三日にしてくれといった。

道原は北海道の地図を開いた。「上川」という地名をさがした。道央部で、石狩川《いしかり》の上、中流域に位置している。旭川《あさひかわ》と網走《あばしり》を結ぶ石北《せきほく》本線に上川という駅がある。列車時刻表を見ると、上川には特急もとまることが分かった。上川町の南部は大雪《だいせつ》山系につながっていた。

松本から札幌まで飛行機を使い、あとは列車で行く方法があったが、松本からの航空便は午後の一便しかなかった。東京へ朝一番の特急列車で行き、羽田から旭川へ飛び、旭川から上川まで列車を使うのが最も早いことが分かった。

25

十月二十五日。これまで道原は事件捜査で各地に出張したが、石北本線に乗るのは初めてだった。旭川からは上川どまりの各駅停車に乗った。特急を待つと、早朝に家を出てきた意味がなくなるのだった。

朝の安曇野《あづみの》も、東京の空も雲が低かったが、北海道はからりと晴れていた。石北本線の電車は荒寥とした原野を一両だけで走った。線路に沿っている国道を観光バスが走っていた。南側に山影が青く見えた。頂稜は雪をかぶって白かった。大雪山だった。

門倉好枝の出生地であり、両親が住んでいたところは、岩のゴロゴロした川の近くだった。その川が石狩川だというのを、人にきいて知った。

好枝の生家は廃屋になっていた。屋根の破れた物置き小屋は傾いていた。道原は思わず上着の襟をつかんだ。

民家は点々とあるが、どの家とも一〇〇メートルぐらいは離れている。廃屋には見えるが、道原は好枝の生家をのぞいてみたくなった。その家は道路から一段低く、草の枯れた畑の中に細い道が通っていた。周囲を見渡したが人影はない。

玄関の板戸はきっちり閉まっていた。手をかけたが、開かなかった。裏側へまわってみた。何年も手入れされていないらしい畑には伸びきった草が枯れて倒れていた。窓は灰色のシャッターで密閉されていた。

一〇〇メートルほど離れた隣家を訪ねた。五十半ばの主婦らしい女性が出てきて、ちょこんと頭を下げた。

「門倉さんの家には、誰もいませんよ」

主婦はやや上目使いになった。彼女の話で門倉家は農業だったことが分かった。しかし耕地はせまく、好枝の父親は森林の手入れに行ったり、土木作業にも出ていたという。

父親は土木作業に出ていて怪我をしたのがもとで、農作業もろくにできないからだになっていたが、病死した。病気になっても酒をやめない人だったという。

好枝は、高校生のときから母親が勤めていた農産物の共同作業所でアルバイトしていた。母親も父親が死亡した三年後に病死した。葉子は高校を出ると、隣町の小企業に就職したが、独り暮しということで、好枝に呼ばれて東京へ行った。

「葉子さんが東京へ出ていった年の夏と、次の年の夏、好枝さんと一緒に帰ってきて、二人で家のまわりの草を刈っていました。好枝さんは見ちがえるほどきれいになっていました。三十近くになっていたでしょうが、独身ということでした」

葉子は、東京へ出ていった次の年の十月、死亡した。それを知っているかと道原はきいた。

「ここから一キロぐらい北に、好枝さんたちのお父さんの実家があります。そこの人にきいてびっくりしました。なんでも山に登って怪我をしたのが原因ということでした」

好枝は葉子が死んだ年の年末に帰ってきた。両親の眠る墓に葉子を埋葬するためだった。それを知って、主婦は好枝と一緒に墓へ行った。墓葬には好枝の伯父夫婦だけがきていたという。

「それは雪の降る日でした。お経を上げるお坊さんでさえも、お墓では頬かむりしていました。お葬式と同じですから当たり前ですが、好枝さんの服装は黒ずくめでした。わたしは場所を忘れて、彼女の美しさに見とれたものです」

主婦は指で目尻を拭った。「好枝さんはお墓の前にしゃがんで、長いこと手を合わせていました。独りぼっちになったのですから、よほど哀しかったでしょうが、涙は流していませんでした。葉子さんが亡くなってから、ずっと自分のところにお骨を置いていたということですから、もう充分にお別れをすませていたのでしょうね」

主婦は袖口を目に当てた。

「その後、好枝さんは、誰もいない実家に帰ってきましたか？」

「次の年のお盆に帰ってきました。古い家ですが、生まれた家が懐しいのでしょうね。三、四日いたと思いますが、毎日、家のまわりの草を取っていました。とっくに電気のつかなくなった家ですけど、そこに泊まっていたのだと思います」

道原は、好枝の伯父の家と、門倉家の墓の場所をきき、郷里にいるあいだ彼女が親しくしていた人の住所をきいた。

主婦は好枝の高校時代の同級生の家を教えてくれた。

門倉家の墓は寺の裏手にあった。緩やかな斜面に墓石が並んでいる。

門倉家の墓は、好枝の父親が死んだときに建てたものらしく、黒御影の墓石はまわりの墓石よりも新しく見えた。それには好枝の両親と妹の名が刻まれていた。両側の筒には供えられた花がしおれていた。道原はしゃがんでしおれた花をじっと見つめ、カメラに収めた。完全には枯れておらず、供えられて一週間ぐらいが経過した感じである。

両親はともに夏に死亡していた。妹の葉子は、四年前の十月六日没と彫ってある。故人の命日に合わせて参った人が手向けた花ではなさそうだ。

次に道原は、好枝の伯父の家を訪ねた。彼女の父親の実家である。そこも農家だが、母屋や物置き小屋は古く、決して裕福には見えなかった。道原は六十半ばの主婦に名刺を渡した。彼女は目を細くして名刺を見ていたが、主人を呼ぶといって奥へ引っ込んだ。

　好枝の伯父の門倉は、陽焼けした顔にメガネを掛けて背が高かった。彼は道原の名刺を摘まんでいた。

「長野県の刑事さんですか」

　彼は床にいったん膝を突いたが、「お上がりください」といった。

　電灯はついているが、座敷は薄暗かった。仏壇だけが黒光りしている。

「好枝になにかありましたか？」

　彼はタバコに火をつけてきいた。

「好枝さんは、最近こちらへきていますか？」

　道原は門倉の質問を無視するようにきいた。

「いいえ。あの子がきたのは去年の夏でした」

「じつは好枝さんは、去る十月五日から行方が分からなくなっています」

「行方が……」

　門倉は、お茶を運んできた細君と顔を見合わせた。

　好枝が、銀座のクラブで働いていたのを知っていたか、と道原はきいた。

「会社勤めをしているときいていましたが……」

道原は、十月五日夜のビル火災を話し、好枝はその現場から脱出したらしいが、自宅に帰っていないと話した。

「どうしたんだろう？」

門倉は灰皿に吸殻を押しつけた。

「好枝さんからは、たまに音信がありましたか？」

「いいえ。こっちへくれば顔を出しますが、そのほかは電話も手紙もありません。あ、年賀状は毎年よこします」

「四年前の十月、妹の葉子さんが山で怪我をしたのが原因で、亡くなっていますね」

「あのときは驚きました。それまで電話をよこしたことのない好枝が電話を掛けてきて、葉子が死んだといいました。好枝は、自分が山へ連れていったのがいけなかったんだといっていました。葬式はどうするのかときいたら、納骨のとき、花をあげてくださいといったので、好枝がこっちへくるのを待っていました。あの子は、年の暮近くなってから、葉子の骨を抱いてきました。雪の降る寒い日に、あの子たちの親の墓に納めました。そのあとここへきて、葉子がどうして死んだかをききました。葉子が怪我をしたところへ雨に降られ、登山者が一人も通りかからなかったという不運が重なったということでした。……あの子たちは、子供のころから恵まれませんでした」

門倉の声は低くなった。

「子供のころから恵まれなかったとおっしゃいますと?」

「あの子たちの父親、私の弟ですが、甲斐性なしでしてね。働くことが好きでないくせに酒をよく飲みました。からだをこわしたのは酒のせいです。しょっちゅう金に困っていて、私に金を借りにきました。自分でくるんじゃなくて、中学に行くようになった好枝にこさせていました。あの子もそれがいやだったんでしょうね、夜遅く、うちの前で泣いているんです。それを家内が見つけて、家へ入れてやりました。冬なんか凍え死にそうなほど冷たくなっていたものです」

「好枝さんは二十六歳のとき、東京へ行っていますね」

「この辺ではいい働き口がないものですから、東京へ行ったんです。半年もすると、母親にわずかですが金を送っていたようです。その母親も、若いときの無理がたたってか、早死にでした。葉子が独りきりになったものですから、好枝が東京へ呼び寄せたんです。歳がはなれていたものですから、好枝は葉子の面倒を見る気になったんでしょう」

「好枝さんはこちらにいるときから、山に登っていたそうですね?」

「高校生のころから登りはじめたようです。普通の女の子のようなおしゃれもしないで、年中男の子のような格好をしていました。東京へ行ってからは、見ちがえるように女らしくなりましたが」

「なかなかの美人だそうですね？」

「身内がいうのもなんですが、たしかに器量はいいほうです」

道原は、好枝の写真はないかときいた。

一昨年の夏、いとこ同士で撮ったのがあると細君がいって膝を立てた。

好枝は黒いTシャツに黒のパンツ姿で、男と女にはさまれていた。両側は門倉の息子と娘だった。いとこはいずれも所帯を持っているという。好枝は面長で、まとめた髪を片方の肩に垂らしていた。微笑しているが、どこか寂しげなかげりのある顔立ちである。

道原は写真を借りることにした。

「長野県の刑事さんが、東京で行方の分からなくなった好枝のことを、どうしてさがしておいでになるんですか？」

門倉がきいた。

「私の所属している署の管内で、ある事件が起きました。その件で好枝さんに伺いたいことがあるものですから」

道原は曖昧な説明をした。

「好枝は、いったいどこへ行ったんだろう」

門倉は、横にすわっている細君のほうへ首を曲げた。

「最近、こちらのどなたかが、好枝さんの家のお墓へお参りをされましたか?」

道原は夫婦にきいた。

「いいえ。行っていませんが」

道原は、さっき見てきた墓に供えられた花の感触を指に蘇らせた。花はしぼんでいたが、茎には多少の弾力が残っていた。

26

夜になった。人家の灯は点々とはなれていて小さかった。川に架かる橋を渡った。吹き抜ける風は冬のように冷たい。遠くから電車が近づいてきた。一両だけの車両に乗っているのは数人だった。

二軒できいて、牛込《うしごめ》という家を訪ね当てた。多美子《たみこ》という好枝の高校時代の同級生の家である。

「多美子はここにはいませんが」

五十代後半と思われる女性が出てきて怪訝《けげん》な顔をした。多美子の母親だった。

道原は、門倉好枝の行方をさがしているのだと、簡略な説明をした。

「好枝ちゃんといえば、一週間ばかり前に近所の人が、好枝ちゃんとよく似た女の人を、お寺の近くで見かけたということでした」

その人は車で寺の近くを通りかかった。好枝ではないかと思い、声をかけようとして車をとめたが、女性は細い路地を曲がって見えなくなったという。

道原はまた、門倉家の墓に手向けられていた花の茎の感触を思い出した。その花は好枝が供えたものではなかったか。彼女は生きている。両親と妹を偲んで、墓参りにやってきたのではないか。郷里へ帰ってはきたが、生家にも寄らず、親戚や近所にも顔を出さず、墓参りをしただけで消えたのではなかろうか。

「多美子さんと好枝さんは、仲よしでしたか？」

道原はきいた。

「ええ。小学校から高校までずっと一緒でしたし、好枝ちゃんが東京へ出ていくまで仲よくしていました」

多美子は札幌市にいるという。

「あの子にもいろいろありましてね」

母親は細い声でいった。

多美子に会いたいというと、母親は折込み広告の裏に住所と電話番号を書いた。

多美子は好枝の近況を知っているだろうか、と道原はきいた。

「二人は電話をし合っていたと思いますし、年に一回ぐらいは会っていたようです。多美子が好枝ちゃんに会いに東京へ行ったこともあります」

道原は、一週間ほど前、好枝らしい女性を見かけたという人の家を訪ねた。牛込家のすぐ近くの主婦だった。

その主婦は五十歳ぐらいで肥えていた。

好枝にまちがいなかったかと道原はきいた。

「わたしは車を運転していましたので、その女の人を見かけたのは、ほんの一瞬でしたが、好枝さんによく似ていました」

その女性の服装を覚えているかときいた。

「たしか、黒い服を着ていましたし、黒い鞄を提げていたと思います」

女性を見かけたのは何日だったか、正確に思い出してもらいたいというと、主婦は壁に貼ったカレンダーをじっと見つめた。

「十月十九日でした。まちがいありません」

「何時ごろでしたか？」

「午後二時ごろです」

主婦の記憶はまちがいなさそうである。

道原のきょうの捜査はここまでだった。今夜は旭川に泊まることにし、人がまったく歩いていない国道を駅へ向かった。

旭川駅前交番には、道原と同い歳ぐらいの巡査部長と若い巡査が二人いた。近くに安いビジネスホテルはないかときくと、巡査部長は道原の風采を確かめるような目をして、

「ここへは出張で？」

ときいた。

道原は手帳を見せ、ある事件の参考人の郷里を訪ねたのだと話した。

「それはご苦労さまです。長野県とは遠方からですね」

巡査部長の口調が変わった。

巡査部長は薄い綴りをめくって電話を掛け、空室はあるかときいてくれた。

紹介されたホテルは駅前から五、六分のところだった。ホテルに着くまでに日本酒のワンカップを買って、鞄に入れた。

小ぢんまりしたホテルは古く、浴槽は小さかった。客が入っているのかいないのか、無人の館のように静まり返っている。

道原はベッドの端に腰掛けると、札幌市の牛込多美子の自宅に電話した。

彼女はすぐに受話器を上げた。道原が名乗ると、母から電話があったといった。

あした会いたいが、何時ならよいかときくと、昼休みのあと一時間暇をもらうから、午後零時半にどうかといった。彼女は会社勤めだという。その会社は大通公園に面しているとと地理を教えた。彼女の声の背後でテレビの音がしていた。彼女が独りなら、電話のベルをきいてテレビの音を絞るか消しそうな気がした。多美子がどのような暮し向きをしているのか分からないが、母親は、「あの子にもいろいろありましてね」といっていた。多美子も門倉好枝と同じ三十三歳のはずだ。

署に電話した。九時すぎなのに伏見が居残っていた。

「門倉好枝のことが、なにか分かりましたか？」

伏見は道原の電話を待っていたようなききかたをした。

道原は、門倉家の墓に供えられていた花のことを話し、一週間前、好枝を知っている人が、彼女によく似た女性を寺の近くで車の中から見かけていると話した。

「その女性は、好枝じゃないでしょうか？」

「おれもそう思った」

あすは札幌で好枝の友人に会うといった。

「そちらは寒いですか？」

「夕方になったら、急に冷えてきたな」

今夜は宿直なのかときくと、これから帰るのだと伏見はいった。

道原は風呂から上がると、カップ酒を持って窓を開けた。夕方の風はやんでいたが、空気はひやりとしていた。窓の下の暗い道路をときどき車のライトが掃《は》いていった。窓は駅とは反対側を向いているらしく、街の灯はまばらだった。空を仰ぐと星が散っていた。門倉好枝はどこかで、同じ星空を眺めていそうな気がした。

好枝はビル火災現場からなぜ姿を消したのか。姿を消すきっかけは、火災に遭遇したためではないような気がする。火災に遭ったために姿を消したのだとしたら、彼女はその前から行方不明になることを計画していたように思われる。

道原はもう一本酒が欲しかったが、自重した。フロントへ下り、柱に寄りかかって地方紙を読んだ。

27

札幌大通公園には人が大勢いた。昼休みの散歩をしている会社員らしい男女もいるし、ベンチで弁当を食べている人もいた。観光客らしい数人がカメラを向け合っている。

牛込多美子は、濃茶色のビルの入口に立っていて、

「道原さんですか？」

と声をかけた。

「よく分かりましたね？」

道原がいうと、なんとなくそんな気がしたのでといった。

彼女は色白の丸顔で、目が細く、わりに背が高かった。顎に目立つほくろがあった。

灰色のジャケットに紺色のスカートを穿いていた。すぐ近くに喫茶店があるといって、
道原に肩を並べ、思いついたように、「遠くからご苦労さまです」と、頭を下げた。

「きのう、母からの電話で知りましたが、好枝が行方不明になっているそうですね」

喫茶店の奥のテーブルで向かい合うと、多美子がいった。

「東京の銀座でビル火災があったのを知っていますか？」

「はい。大勢の人が亡くなりましたね」

「好枝さんがクラブで働いていたことは？」

「知っていました」

「好枝さんは、火事になったビルの六階の店に勤めていたんです」

「そのビルの……」

多美子は胸に手をやった。

彼女は銀座のビル火災をテレビニュースで知ったという。まさかとは思ったが、好

枝の自宅に電話してみたが応答がなかった。新聞には死亡した人の名が載っていた。好枝にかぎって災難に遭うはずがないと思ったが、二、三日後にまた電話を掛けた。留守番電話にもなっておらず、ただ呼び出し音が鳴るばかりだった。たとえば、たまたま火災に遭い、怪我でもすれば、好枝のほうから連絡があるだろうと思っていた。

「好枝さんが勤めていたのは、オリーブという店でした。火災当時、その店には客が七人いて、そのうち六人が死亡。従業員七人のうち二人が亡くなっています。客一人と、従業員五人は逃げ出すことができましたが、怪我をして病院に運ばれた従業員もいます。逃げ出したと思われる客は行方不明になっていました。その人と、逃げ出すことができた五人の従業員のうちの一人、つまり好枝さんが行方不明です」

道原は多美子の細い目を見ながら話した。

「行方不明というのは、亡くなっている可能性もあるということですか？」

「いいえ。死亡した人も怪我をした人も全員確認されています。行方不明の二人は、火災現場から脱出したことはまちがいないんです」

道原はコーヒーを一口飲んだ。「行方不明になっていた客の男性は、火災から十日後の十月十五日、私の署の管内の燕岳という山で殺されて発見されました」

「殺されて……」

多美子は口を開け、シャツの襟をつかんだ。

「したがって、その男性は、火災現場からは無事脱出したことが明確です。無事逃げ出すことができたのに、その後なぜ行方不明になっていたのかがはっきりしていない。彼は十月十四日に、たぶん単独で燕岳に登ったんです」

「ビルの火事と、山で殺されたこととは関係はないんですね？」

「ないような気がしますが……」

その点がよく分かっていない、と道原は首を傾げて見せた。

「好枝も、火災現場から無事逃げ出すことができたんでしょうか？」

「脱出したことはまちがいないでしょう」

「彼女は、中野区のマンションに住んでいましたが、そこには帰っていないんですか？」

「ビル火災の夜以来、帰っていないようです」

「どうしたというんでしょう」

多美子は、胸のふくらみを隠すように両手を当てた。

「好枝さんは、高校時代から山に登っていたことをご存じですね？」

「知っています。たしか高校の先生の案内で登ったのが、最初の登山だったと思います。わたしは彼女に山登りを誘われたことがありましたけど、山を登ったり下ったりすることに自信がなかったものですから、行きませんでした」

「妹の葉子さんは、東京へ行ってから、好枝さんと一緒に山に登り、山中で怪我をしたのが原因で亡くなりましたね。そのもようを好枝さんからおききになりましたか?」

多美子はうなずいて、手を組み合わせた。

「あれは四年前でした。わたしの家庭もゴタゴタしていたときでしたので、よく覚えています。……好枝から夜、電話があって、『葉子が死んだの』といわれました。わたしはびっくりして、病気だったのかとききました。すると山で怪我をして、それがもとで松本市の病院で、といって、泣きだしました。わたしはすぐに好枝のところへ行ってあげたかったんですけど、子供もいますし、家庭に事情があって行けませんでした」

好枝は、葉子を松本で荼毘に付して、東京へ帰ってから多美子に電話を掛けたのだった。

「葉子さんが足に怪我をして動けなくなったために、二人は山の中で一夜を明かすことになったようですが、好枝さんはそのときのようすを、あなたに詳しく話しましたか?」

「詳しくきいたのは、葉子ちゃんを上川のお墓へ埋葬したあとでした。好枝は札幌へ寄って一泊して帰ったんです。好枝は、『葉子を登山に連れていかなかったら、あんなことにはならなかった』と、後悔して泣いていました」

「好枝さんと葉子さんは不運でした。通りかかった登山者がいれば、救助要請をしてもらえたんです。好枝さん一人では、どうにもならなかったんですね」

道原は、救助隊の及川からきいたことを思い出した。好枝たちがせめてツエルトでも携行していれば、冷たい雨から身を守ることができたのだった。

多美子は白いカップに指をからめ、冷めたコーヒーを飲んだ。

「私はきのう、好枝さんの家のお墓へ行ってきました」

墓にはしおれた花が供えられていたが、その花は手向けられて一週間ほど経っていそうだと、道原は話した。

「好枝がお墓参りをしたんじゃないでしょうか」

多美子は宙に目を泳がせた。「一週間ぐらい前に上川の母から電話があって、近所の人がお寺の近くで、好枝によく似た人を見かけたといっていました。わたしは人ちがいでしょといいました。好枝が上川へ行けば、電話があるか札幌へ寄るはずと思ったからです。でもいまの刑事さんのお話を伺っていると、近所の人が見かけたのは、好枝だったんじゃないかという気がします。お盆やお彼岸でもないのに、門倉さんのお墓にお参りする人は、ほかにはいないと思います」

好枝はなぜいなくなったのか、消息を絶ってからどうしているかの見当はつくか、と道原はきいた。

「分かりません。好枝という人間が分からなくなりました。彼女とわたしは子供のころから仲よしでしたし、おたがいに悩みごとなども打ち明け合っていました。わたしの家庭がゴタゴタしたときも、好枝は親身になって相談にのってくれました」

「あなたはさっき、お子さんがいるといっていましたね？」

好枝の失踪とは無関係と思ったが、道原はきいてみた。

「結婚していました。男の子が一人いますが、離婚しました。……夫のしたことがどうしても許せなくて……。そのゴタゴタの最中に、葉子ちゃんが亡くなったという知らせを受けたんです。そんなことがなかったら、わたしは好枝のところへ飛んでいきました」

なにがあったのか、さしさわりがなかったら話してみてくれ、と道原はいった。

多美子は道原の顔をあらためて見てから、グラスの水を一口、ふくむように飲んだ。

彼女の目が急にきつくなったように見えた。

「日曜日のことでした。電話が掛かってきて、夫が出ました。夫は二言三言で電話を切ると、『友だちが近くにきているので、ちょっと出かけてくる』と、わたしの顔を見ずにいいました。わたしはいやな予感がしたので、二階の窓から、家を出ていく夫を見ていました」

――家のすぐ近くで夫を待っていたのは二十歳そこそこの女性だった。つっかけを履いて出ていった夫はポケットからなにかをつかみ出して、その女性に渡した。女性は軽く頭を下げると、一瞬、彼に甘えるようなしぐさをしてから背中を向けた。それを見た多美子はどきりとした。夫の秘密を目の当たりにした気がしたからだ。多美子は、階段を駆け下り、勝手口から家を出て、若い女性を追った。ピンク色のセーターを着た女性に追いついた。

多美子は夫の名をいい、妻だといった。若い女性は目をまるくしてたじろいだ。多美子は、夫からなにを手渡されたのかをきいた。若い女性は俯くと、握っていた掌を開いた。折りたたんだ一万円札二枚だった。

『あなた、学生？』多美子はきいた。化粧っけのない若い女性はうなずいた。

『あなたには、わたしの夫からお金をもらう理由があるのね？』多美子は、女子学生に一歩迫った。女子学生は黙っていた。

『わたしの夫に、なぜお金をもらいにきたの？』

『お金がなくなったからです』女子学生は小さな声で答えた。

『わたしの夫と付き合っているのね』多美子は声を尖らせた。女子学生は顎を引いた。

『いつから？』

『半年ぐらい前からです』

多美子は、女子学生の手から金を取り上げなかった。彼女の履いている靴が古かったし、着ているセーターは色あせ、著しく貧しく映ったからだった。多美子は、女子学生の名も、住所も、学校もきかなかった。『もううちには近寄らないで』多美子がいうと、女子学生は、『すみません』と頭を下げ、夫から受け取った二万円をふたたび握ると、小走りに去っていった。

家にもどった多美子は、夫をなじった。『悪かった。もうあの子とは会わないよ』夫は照れくさそうにそういった。が、多美子は許せなかった。夫がうす汚く見えた。夫の実家に電話すると、義母がやってきた。多美子は夫がやっていたことを話した。

義母は息子を責め、多美子に謝るものと予想していたのだが、その推測は甘かった。義母は、顔を伏せている息子をちらりと見てから、『多美子さん。あなたには越度《おち》《ど》はないの？』と、口元をゆがめた。その一言は多美子の胸を切り裂いた。それまでの二十九年間を根元から否定されたような気がした。

以来、夫婦の会話は途絶えた。夫は外で酒を飲んでは深夜に帰宅するようになった。多美子は夫婦仲を修復する気になれず、三歳の子供を独りで育てていく決心をした——

28

道原は多美子に、好枝が近況を伝えたり、現状を相談しそうな人はほかにいないかときいた。

多美子は拝むように顎の下で手を組み合わせていたが、郷里にはいないと思うと答えた。

もともと好枝には友だちが少なかった。それは家庭の事情が影響していたという。

「いまでも覚えていますが、好枝は小学生のときから十歳下の葉子ちゃんの子守りをしていました。学校から帰ると、家の中で葉子ちゃんの相手をしていたんです。お父さんもお母さんも働きに出ていたからです。わたしは好枝の家へ行って、一緒に宿題などをしていました。中学生になっても好枝は、一年中同じような物を着ていました。私の母が親戚からもらった古着を、好枝と葉子ちゃんに与えたこともありました。高校に上がると好枝は、お母さんが働いていた農産物の仕分けをするところへ、手伝いにいきました。高校生とは思えないような荒れた手をしていたのを覚えています」

道原は、多美子の目に映っていた好枝の性格をきいた。

「高校生のころから、愚痴や不満をめったに口にしない人でした。人にいやなことをいわれても、いい返したりしないで、じっと我慢しているようなところがありました。ですから明るい感じはしません。おとなになっても口数は少なくて、話しかたは静かです。……彼女が銀座のクラブで働いているときいたときは、華やいだところのないのに、つとまるのかしら、と思ったものです。ただ都会の水が合っていたというんでしょうか、彼女は東京へ行ってからきれいになりました。もとから顔立ちはよかったので、それを東京で磨かれたという感じです」

好枝が上川町から東京へ出ていったのは二十六のときだった。それまでに恋愛経験や縁談はなかったのだろうか。

「上川町役場に勤めていた人と、二年間ぐらい付き合っていました。好枝は結婚するつもりだったようです。ですから相手を細かく観察していました。そういってはなんですが、彼女のお父さんは働き者ではありませんでした。ですからお母さんが苦労したんです。それを少女のときから見ていましたので、結婚には慎重だったんです。前から男の人と簡単に親しくなれない質《たち》でしたし、臆病な面もありました。役場の人とはうまくいっているようでしたけど、彼が二股をかけていたのを好枝は知りました」

「その男性には、好枝さんのほかに付き合っている女性がいたんですね？」

「彼は好枝との結婚を望んでいたようですが、慎重な彼女が結婚の意思をはっきりさせなかったものですから、彼のほうは、好枝を知る前に付き合っていた女性と縒《よ》りをもどしたんです。その女性は町内では指折りの資産家の娘さんでした。好枝は人の噂で、彼がその女性とも親しくしていることを知ったんです。好枝はショックをうけて、わたしに話しました。わたしは好枝に、彼と結婚したいのならその意思をはっきり伝えるべきだといいましたが、『裏切られた』といって、唇を噛んでいました。好枝は彼と別れ、一か月もしないうちに東京へ行きました」

「役場勤めの男性は、資産家の娘さんと結婚しましたか？」

「好枝と別れた半年後に、付き合っていた彼女と結婚しましたが、二か月ぐらいして亡くなりました」

「病気ですか？」

「交通事故でした。夜のことで、対向車をよけそこねて、電柱に衝突したんです。奥さんは妊娠していたということです。それをきいてわたしは、好枝の恨みが事故を起こさせたんじゃないかと思ったものです」

「好枝さんは、彼の事故死を知ったでしょうか？」

「わたしが電話で話しました」

そのとき好枝は一言、『そう』といっただけだったという。

多美子の話は参考になった。道原は時計を見て礼をいった。彼女の家庭の事情にまで立ち入ったことを詫びて、席を立った。

道原はその日の夜に豊科（現・安曇野市）に帰った。彼は各地に出張するが、事件捜査であるため、訪ねた場所の近くに有名な観光地があっても、そこを見物する時間の余裕がない。

翌朝、捜査会議があった。伊戸井宗一殺しの捜査は暗礁に乗り上げた格好だから、捜査本部は道原の報告を待っていた。

道原は、上川町の門倉家の墓に供えられていた花を見たことと、好枝を知っている人が一週間前に、彼女によく似た女性を寺の近くで見かけていることを報告した。彼女の幼友だちで親友の牛込多美子が語った好枝像についても話した。

「伝さんは、どうみているんだね？」

報告を終えて椅子に腰を下ろした道原に、四賀課長がきいた。

「どうとおっしゃいますと？」

「門倉好枝が生きているかどうかだよ」

「生きていると思います。ビル火災現場に彼女の遺体がないのが、なによりの証拠です」

「どうして自宅に帰らないのか？」

課長は椅子の背に寄りかかって腕を組んだ。

道原はテーブルに肘《ひじ》を突いて、額に手を当てた。

「そうか……」

道原は背筋を伸ばすと、小さく叫んだ。

課長がメガネの縁に指を添え、道原に顔を振り向けた。

「四年前の十月五日、門倉好枝は常念と蝶の中間の稜線で、足に怪我をして歩けなくなった妹葉子の肩を抱いて震えていた。そこへ誰かが通りかかった。通りかかった登山者がいたんです」

道原は、天井の一点に視線を置いてつぶやいた。

「好枝は、誰一人通りかからなかった、といっているじゃないか」

課長がいった。

「いままで私たちは、好枝の話を鵜呑《うの》みにしていたんです。彼女は救助隊の及川君にも、ほかの人たちにも嘘をついていたんです」

「なぜ、そんな嘘を？」

「それは常念小屋へ行ってみれば分かると思います。……伏見君。常念小屋へ登るぞ」

「はい」

伏見は、風を起こすように椅子から立った。

「伝さん。これから登るというのかね？」

「すぐに出発すれば、夕方には着けます」

きょうは十月二十七日だ。常念小屋はまだ営業している。

「ちょっと待て。登るんならヘリで行ってくれ」

課長も立ち上がった。県警本部にヘリの要請をするという。

道原と伏見は、自分たちのロッカーへ走った。登山装備をととのえるのだった。

課長はヘリの要請をしただけでなく、救援隊の小室主任にも電話を掛けた。刑事が二人山に登るが、同行できる隊員はいないか、ときいた。

小室から、及川を同行させるという返事があった。

県警のヘリは、三十分後に三人を迎えにきた。

ヘリは一ノ沢の流れを右手に見て高度を上げた。眼下には光った流れが何本もあった。標高二〇〇〇メートルを越えたあたりから山は白くなっている。秋の陽をはね返して輝いている岩場もあった。山腹のところどころが黒い。雲の影が斑《ふ》をつくっているのだった。

29

あらかじめ電話をしておいたので、常念小屋の主人は四年前の宿泊カードを用意していた。

四年前の十月四日の分を見たいと道原がいうと、主人はそこを開いた。宿泊カードは登山計画書を兼ねているから、次の日の行動計画が記入されている。

常念小屋は三百人収容できるが、四年前の十月四日の宿泊者は四十一人だった。その中に門倉好枝（二十九歳）、葉子（十九歳）のカードがあった。二人の翌日の行動計画は、［蝶ケ岳ヒュッテまで］となっていた。

十月六日に、常念と蝶の中間地点の稜線で姉妹と出会い、怪我をした葉子を背負って蝶ケ岳ヒュッテまで運んだ、水野らの三人パーティーのカードもあった。

手分けしてカードを見ていた伏見が、「おやじさん」と声を上げた。

道原と及川は、伏見の手にあるカードをのぞいた。

そのカードには、［伊戸井宗一（三十九歳）東京都板橋区］とあった。

道原は無言でうなずいた。及川は伏見の肩を叩いた。伏見は及川の手を握った。道原が常念小屋へ登るといった意味が、二人には分かったようだった。

伊戸井宗一の十月五日の行動は、［常念岳―蝶ケ岳―横尾］となっていた。

三人は、十月五日の宿泊カードを繰った。が、伊戸井の宿泊該当はなかった。彼は五日に常念小屋を常念岳に向かって発ったということになる。彼は単独行だった。

四年前の十月六日、門倉好枝と葉子は、通りかかった水野らの三人パーティーの援けを借りて、蝶ケ岳ヒュッテに着いた。山小屋からの救助要請で、及川らの救助隊員はヘリで蝶ケ岳ヒュッテへ向かい、意識が朦朧《もうろう》としている葉子を、松本市内の病院へ運んだ。そのときのもようを、及川は記録に残しているし、姉妹を覚えてもいた。

好枝と葉子は、常念小屋に着いた日の夜、次の日の天気をきいた。十月五日の天気予報は午後になって雨が降るということだった。それを知った姉妹は、雨が降る前に蝶ケ岳ヒュッテに着きたいとして、五日は朝早く山小屋を出発した。だが、常念と蝶の中間地点で葉子が足に怪我をして歩けなくなった。好枝は縦走コースを通りかかる登山者を待った。誰でもいい。通りかかった人がいたら、最寄りの山小屋へ救助要請を頼んでもらうか、手を借りて葉子を運ぶつもりだった――が、不運にも、その日は誰一人通りかからなかった、と彼女は及川にも語っていた。

だが事実はちがっていたのではないか、と道原は気づいたのである。

好枝は、常念小屋を出るさい、自分たちのあとを縦走してくる登山者がいることを知ったのではないか。それで怪我をした葉子の肩を抱いて、何時間も稜線の登山コース上で待っていたのだ。彼女には、通りかかる人がいるという確信があったのだ。

「おやじさんは、伊戸井が通りかかったというんですね？」

伏見が低声でいった。

「その可能性は充分にある。彼は計画どおり、十月五日の朝、この山小屋を出て、常念と蝶を越え、横尾へ下ったのだと思う。常念と蝶の中間地点で、自分より先に山小屋を発った好枝と葉子に出会ったんだ。縦走路は一本しかないんだから、彼女たちに出会わないはずはない」

「好枝は伊戸井……名前は知らなかったでしょうが、通りかかった単独行の登山者に、葉子が歩けなくなったことを話したでしょうね」

「話さないわけがない。どんなふうに話したか知らないが、救助要請をしたのは確かだろう」

「伊戸井はそれを断わったんでしょうか？」

「そうだろう。引き受けていれば、彼は常念小屋に引き返すか、蝶ケ岳ヒュッテまで足を延ばして、縦走路に怪我人がいることを伝えているはずだ」

横尾へ下るコースの分岐点と蝶ケ岳ヒュッテの間は、片道約二十分である。往復約四十分のロスを惜しまなければ、山小屋へ駆け込み、事情を話したはずである。

「救助要請をした好枝と伊戸井のあいだに、トラブルが生じたことも考えられますね」

「ああ。なかったとはいえないな」

道原は四賀課長に電話した。

「四年前の十月四日に、伊戸井宗一が常念小屋に泊まっていた……」

課長の声は高かった。「伊戸井と好枝は接点があったということだな」

「双方は、たぶん初めて会ったのだと思います」

「伝さん。よくそこに気がついたね」

課長は、迎えのヘリを出すといったが、道原は横尾へ下るといった。

「これから?」

「きょうは蝶ケ岳ヒュッテ泊まりにします」

「それでも、山小屋に着くのは夕方になるよ」

「大丈夫です。及川君と伏見君がいます」

課長は、気をつけて行動してくれといった。

道原は山小屋の主人に、去年か今年、以前の宿泊カードを見せてもらいたいといってきた人がいなかったかときいた。

主人は瞳を動かしていたが、

「そういえば去年の六月だったと思いますが、女の人が一人で泊まりにきて、三年前に単独で泊まった男の人の名前を知りたいといいました。私が理由をきくと、『登山中に大変お世話になったし、借りた物もあったので、それを返したいし、お礼もしたい。山で名前をきいたが、それを書いたメモを失くしてしまったので』といいました」

「いくつぐらいの女性でしたか？」

「三十か、三十をいくつか出ているぐらいの人だったような気がします」

　顔を覚えているかときくと、主人は自信のなさそうな表情をした。毎日、大勢の宿泊者に会っているので、特別なことがあっても記憶は薄らいでしまうのだろう。

　道原は、北海道上川町で借りてきた門倉好枝の写真を見せた。主人は写真を手に取って見つめていたが、よく覚えていないと答えた。

「その女性が、単独行の男の名を知りたいといったのは、そのときから三年前の十月四日の宿泊者の一人ですね？」

「たしかそうでした」

「カードを見せたんですね？」

「悪いことに使うんじゃないと思いましたので、見せました」

「その女性が泊まったのは、去年の六月の何日ですか？」

「六月の初めごろということしか覚えていません」

「前に泊まったことのある人じゃなかったですか？」

「さあ」

主人は首を傾げた。

道原は、去年六月の宿泊カードを全部見せてもらうことにした。及川と伏見と三人で手分けして、カードを繰った。

六月七日の分から門倉好枝のカードが見つかった。

「これでよし」

道原は拳を握った。

伊戸井宗一と門倉好枝の宿泊カードを借り、透明のケースに収めた。

道原らは、山小屋の主人に見送られて、南を向いた。


三人は岩のゴロゴロした急坂をピッケルを突いて登った。巨岩を積み重ねた常念岳は新雪に輝いていた。きょうは視程がよく、安曇野が眺められた。北には山小屋のある常念乗越《のっこし》の鞍部《あんぶ》を越えて、横通《よこどおし》、東天井《ひがしてんしょう》、大天井の尾根がつづき、南側には蝶ケ岳への緩やかな尾根筋がとおっている。西側の槍ケ岳は白と黒の縞模様をくっきり彫って、垂直に天を衝いていた。穂高の岩峰は深い陥没を越えて、屏風のように連なっていた。岩肌には荒々しい爪跡が深く刻み込まれている。奥穂の山頂付近には強い風が吹いているらしく、雪が舞い上がって煙を吐いているように見えた。

四年前の十月、門倉好枝は、この大パノラマの迫力を妹に見せたくてやってきたのではなかったか。だが眺望はおろか、冷たい雨に遭った。二人は山小屋への径《みち》を急いだにちがいない。

道原たちは、好枝と葉子が避難した森林を右目に入れ、奇岩が立ちふさがる稜線の起伏を越えた。

三人が蝶に達するころには、槍沢や横尾谷は暗くなった。やがて穂高の峰々が黒いシルエットになった。

蝶ケ岳ヒュッテに着いたとき鋸歯状の稜線に陽が沈み、天に残照が放たれた。

夕食のあと、道原は外へ出てみた。星が手に取れるようにきらめいていた。西を向くと星空が途中で消えていた。そこに山脈《やまなみ》があるからだった。

横尾山荘に電話し、四年前の十月の宿泊カードを見せてもらいたいと頼んでおいた。

翌朝は七時に山小屋を発った。常念方面へ向かう四人パーティーと分岐点で別れた。暗い森林帯を下って、横尾山荘に九時半に着いた。

「疲れたでしょ？」

及川が道原にきいた。

「なに、これぐらい」

道原は強がりをいった。じつは太腿《ふともも》が痛んでいた。

四年前の十月五日の宿泊者は百二人だった。槍や穂高に登る人がここへ泊まる。下ってきた人もここで手足を伸ばす。

「あったぞ」

三人で手分けしてカードを見ていたが、道原が持った中に伊戸井宗一のカードがあった。

四年前の十月五日の朝、常念小屋を出た伊戸井は、常念と蝶の中間地点で、門倉姉妹に出会った。姉の好枝は、妹が足に怪我をして歩けなくなったので、最寄りの山小屋へ救助要請をするか、妹を運ぶために手を貸してくれないかと懇願したと思う。だが伊戸井はその要請を無視したのか。あるいは話し合っているうち、いい争いにでもなったのか。

とにかく伊戸井は蝶ケ岳ヒュッテには寄らなかった。彼は自分の立てた登山計画にしたがって、稜線コースを右に折れ、横尾へ下ったのだ。彼も雨に濡れたにちがいなかった。

伊戸井宗一の宿泊カードを借り、それもケースに収めた。

30

道原は札幌市の牛込多美子に電話し、この前の礼をいった。

彼女は礼儀を心得ていて、刑事の労をねぎらい、

「よけいなことまでお話しして、すみませんでした」

といった。自分の過去の一端を語ったことをいったのだった。

道原は、門倉好枝の血液型を知っているかときいた。

「AB型です」

多美子は言下に答えた。

燕岳で殺された伊戸井宗一の血液型はA型。彼の手袋と着衣にはO型の血液が付着していた。のちに分かったたが、燕岳でナイフを持った伊戸井に襲いかかられ、軽症を負った寺崎光男の血液型がO型だった。したがって伊戸井の手袋と着衣に付着していた血痕は寺崎のものと判断された。

寺崎は成本亨と、去る十月十四日に燕山荘に泊まり、翌十五日早朝、燕岳に登った。そこへ突然、ナイフを手にした男が現われ、襲いかかられた。男は小中学校時代の同

級生で、成長してからはともに山に登ったことのある伊戸井だった。寺崎と成本は逆襲し、伊戸井を山靴で蹴って倒すと、その場から逃げ去ったと証言した。したがって伊戸井を殺したのは自分たちではないと主張した。道原は二人の話をじっくりきき、伊戸井を殺害した犯人はべつにいると確信したのだった。

伊戸井は、寺崎と成本の逆襲に遭って、しばらく動くことができなかったろう。そこへ何者かが現われ、近くに落ちていた岩を拾うと、伊戸井の腹や背中を殴りつけたのではないか。その犯人は、伊戸井の山行を知って、山へ尾行したようにも思われる。

「伝さんは、門倉好枝が怪しいとみたんだね？」

四賀課長がいった。

「彼女は重要参考人です。彼女はクラブの客の春日という医師に、山で出会った人の氏名や住所を知る方法はないかと相談しています。春日医師は、その人が泊まったと思われる山小屋で事情を話してみてはどうかと、ヒントを与えています。それをきいた門倉好枝は、去年六月、常念小屋へ登り、妹葉子と一緒に泊まった三年前の十月四日、常念小屋に泊まった単独行の人のカードを見せてもらいました。その日に単独で泊まったのは三人でした。全員男です。彼女は三人の名前と住所を控えて帰り、各人の顔を確認したのでしょう。……三年前の十月五日、常念と蝶の中間地点で、足に怪我をして歩けなくなった妹を抱えて困っているところへ通りかかった男の登山者の名前を知ることができなかった彼女は、三人の顔を直接見るしかなかったのです」

「三人を見て、さがしていた男が伊戸井宗一だと知ったんだね」

「好枝は、彼女なりに伊戸井の身辺も調べたようにも思われます」

「彼女は伊戸井に対して恨みを持っていた。それは、山で妹の救助を頼んだのに、きき入れてくれなかった。そのために妹は死亡することになった、というわけか」

課長はそういってから首をひねった。「去る十月五日の夜、伊戸井は、好枝が働いている銀座のクラブへ客として現われている。彼女が誘ったわけではなかったね」

「伊戸井は、旧友の古屋信介と一緒に飲みにきたんです。古屋は前からその店へちょくちょく飲みにきていました。ですからその夜、伊戸井は古屋に誘われてきたのです。伊戸井にとっては初めての店でした」

「その店に好枝がいた。伊戸井は彼女に気づかなかっただろうね」

「好枝のほうは気づいたと思います。恨みを持っていた男が、偶然にも自分が働いている店へ現われたのですから。……彼女は伊戸井たちとはべつの席についていましたが、彼のようすを観察していたでしょうね」

「伊戸井たちが飲んでいるあいだに、火災が発生した。伊戸井も好枝もビルから逃げ出したが、二人ともその場から行方不明になった。そこが私には分からない」

道原にも分からない。伊戸井のほうは、寺崎と成本を山で殺したいという気持ちが沸騰してきたのではないか。彼は黒煙を上げて燃えるビルを振り返ったことだろう。ビルの中には酒に酔った古屋がいる。古屋はまちがいなく死ぬものと思ったろう。伊戸井は古屋を見殺しにしたことになる。

ことがことだけに、自分が生き残っても緊急避難だったとして非難を浴びることはないのだが、もしかしたら伊戸井には古屋に対して殺意が湧いたのかもしれない。殺意とはいわないまでも、死んでもかまわないという気持ちが瞬間的に芽生え、いち早く火災の発生を知ったが、古屋の手も引かず、自分だけが、逃げまどう人たちを掻き分けて脱出した。「古屋は死んだ」と思ったとたんに、かねて恨みのあった寺崎と成本に対する殺意がふくれ上がったのではないか。潜在的に持っていた殺意が、火災と黒い煙と古屋の死によって触発されたようにも思われる。それで伊戸井は行方不明になることにした。火災により死亡したとして、処理されるのではないかという観測もあったような気もする。

一方の好枝はどうだろう。彼女は、火災を知って店を飛び出す伊戸井を見ただろうか。彼を見ても見なくても、夢中で屋内の階段か非常階段を伝って下りただろう。そして地上に下り立ったとき、伊戸井に会ったのではないか。二人が名乗り合ったり、四年前に山で出会ったことがあるなどと話すはずはない。

道原は再度東京へ行かせてもらいたいと課長に進言した。門倉好枝の住まいを見たいのだ。ビル火災からすでに三週間をすぎているのに、彼女はなお行方不明である。築地署にも彼女の住所の所轄署にも話して、マンションの部屋を見たかった。ビル火災のあと、彼女が人目をしのんで帰宅し、また行方をくらましたことが考えられる。住まいには彼女の行方をさがし当てるヒントが落ちていそうな気もするのだった。

課長は、道原と伏見の出張を了承した。

道原は、好枝にマンションの部屋を貸している家主に電話した。この前会った主婦が応えた。好枝が帰ってきたようすはないかときくと、夜になるとときどき窓を見ているが、灯りはつかないし、一階に設けられている郵便受けを開けたようすもないという。

きょうは十月三十日だ。伊戸井が殺されてから半月が経過した。

道原と伏見は、早朝の列車で発って築地署を訪ね、風間刑事に会った。

道原は、門倉好枝を伊戸井宗一殺しの重要参考人とにらんだ経緯を説明した。

「ビル火災現場から行方の分からなくなった二人が、四年前に山で出会っている……」

風間は、思いもよらないことだといった。

道原が、好枝の住まいを見たいというと、風間は所轄署へ一緒に出向くといった。

所轄は野方署だった。

道原の説明をきいた野方署の刑事は、好枝の住まいへ同行することになった。

家主に会った。刑事が何人もきたので、髪の白い主婦は顔色を変えた。

「門倉さんは、いったいどうしたんでしょうね」

主婦はそういって、好枝の部屋の合い鍵を手にした。

二階東端の彼女の部屋には表札がなかった。野方署の刑事がドアのノブにルーペを当てた。かすかに埃がついているという。何日間か手が触れられていないということである。

ドアをノックし、「門倉さん」と呼んでみた。応答はなかった。

ドアを開け、せまい玄関に立った。こもった空気に匂いがあった。なんの匂いだろうか、と野方署の刑事が鼻を動かした。

「線香の匂いじゃないでしょうか」

といったのは、風間だった。

玄関にはつっかけもなかった。廊下の上がり口に黒のスリッパがきちんとそろえてあった。好枝が使っていた物のようである。

刑事たちは白い手袋をはめた。道原が下駄箱を開けた。黒と白の婦人靴が四足、踵を見せて並んでいた。白のスニーカーも一足あった。履き古した物だった。

八畳ほどの広さの部屋とキッチンという間取りだった。

流しの上の造りつけの戸棚には、皿や茶碗がいくつか重ねてある。キッチンには小振りのテーブルがあって、鶯《うぐいす》色の電話機がのっていた。

伏見が小型の冷蔵庫を開けた。水の入ったペットボトル一本とバターが入れてあるだけだった。

ルーペをのぞいていた野方署の刑事が道原を呼んだ。うっすらと埃をかぶっているテーブルの端に、埃のついていない部分があった。最近誰かがそこに触れた跡だろうという。

仕切戸を開けた。小振りの整理ダンスがあり、その上にこれも小振りの仏壇がのっていた。位牌が三つある。両親と妹だった。好枝はこれに毎日、線香を供えていたのではないか。一方の壁の全面が収納庫になっていた。それの左側が洋服掛けになっていて、洋服が何着も吊ってあった。好枝は、黒か灰色の服を好んでいたようすが分かった。右側の上段には布団と毛布が重ねてある。下段は引き出しだった。セーターやシャツや肌着類がきちんとたたまれていた。

これらすべてを見て道原が気づいたのは、登山用具がないことだった。さっき見た下駄箱には山靴がなかった。これは見落とせないことと思い、彼はノートにメモした。

窓には濃茶色のカーテンが張られている。十月五日の夕方、好枝はこの部屋を出たきり帰ってきていないように見えるが、野方署の刑事はこの間に誰かが部屋に入っているといった。家主は入っていないといっている。ならば好枝が、一度か二度帰ってきたのではないか。

野方署の刑事は、念のために署から鑑識係を呼んだ。床や器物がかぶっている埃の具合を検べさせるのだった。

到着した鑑識係は、床やテーブルや仏壇に強いライトを当てた。黒いスリッパも検べた。

鑑識係の所見は刑事の目と合っていた。テーブルや冷蔵庫の上は、ほぼ一か月を経過していると思われる埃をかぶっていた。そこに一週間か十日前に手を触れた跡が認められるというのだった。

野方署にもどり、たったいま見てきた好枝の部屋の印象を話し合った。

「門倉好枝は、あの部屋へ何回かは帰ってきていそうな気がしますね。人目を避けて帰ってきたんでしょうが、もし誰かに見られたとしても、自分の部屋ですからかまわないと思ったでしょうね」

風間がいった。

「私も同感です。彼女は山登りをしていたのに、登山用具が見当たりませんでした。それは彼女が最近山に登ったという証拠ではないでしょうか」

道原がいった。

「仮住まいにしろなににしろ、彼女には、どこかに寝泊まりできる拠点があるんでしょうね。……道原さんは、彼女がこれからも帰ってくると思いますか？」

風間は灰皿を引き寄せて、タバコに火をつけた。

「女性は、住まいや持ち物に執着があるものです。あの部屋には両親と妹の位牌もあります。あの部屋へ入った瞬間、線香の匂いがしたのは、最近帰ってきた彼女が、仏壇に線香を供えたからでしょう。今後彼女が、従来どおりあそこに住むかどうかは分かりませんが、必要な物を取りにそっと帰ってくると思います」

道原がいうと、彼の横で伏見がうなずいた。

野方署の刑事と協議した結果、門倉好枝の住まいを野方署員に張り込んでもらうことを決めた。張り込みは交代で二十四時間におよぶが、好枝が帰ってくるとしたら、部屋の電灯をつける必要のない日中ではないかと思われた。

31

野方署は、どこにでもありそうな灰色の乗用車を用意した。それに刑事が二人乗った。道原と伏見も、三日間、張り込みに加わることにした。四人は交代で食事を摂りに行ったり、近くの公園のトイレを使うことになった。

好枝の住まいの薄茶色のマンションの前には道路をへだてて高い塀がある。塀の中ではマンション建設の工事がおこなわれており、トラックがしょっちゅう出入りしていた。車の往来の少ない道路で何日間も張り込んでいると、近所の人の目につくが、工事現場があるため、人目を気にする必要がなかった。

午後五時になると、工事が終り、車両の出入口が閉鎖された。あたりが急に静かになり、車の往来も少なくなった。工事現場の塀の中にはプレハブ造りの現場事務所がある。そこからの灯りが好枝の住む小さなマンションの壁に当たっている。

張り込み三日目の午後一時すぎ、髪の白い女性がマンションの階段をゆっくり下りてきた。家主方の主婦だった。彼女は買い物袋を提げ、背中を見せて遠ざかった。

その直後である。伏見が、「おやじさん」といって道原の腕をつつき、右の前方を指差した。工事現場の塀の角から、黒いセーターに黒いパンツ姿の女性が姿を現わし、電柱に寄りかかるようにして立ちどまった。左右を窺《うかが》っているような格好である。長めの髪が両頰を囲んでいる。

車が二台つづけて通った。女性はそれをやりすごすと小走りに道路を渡った。

道原はポケットから好枝の写真を出した。似ている、と感じた。

はたして女性は、薄茶色のマンションの階段を昇った。

道原と伏見は車を降りた。足音を忍ばせて階段を昇り、二階の通路の見える場所で足をとめた。東端のドアに、女性が鍵を差し込んだところだった。

「門倉さん」

道原は呼びかけて通路を駆けた。

女性はこちらを向き、鍵を引き抜いた。頬を引きつらせている。

道原と伏見は、彼女に近寄った。

「門倉好枝さんですね?」

彼女は目を見開き、一歩退いてから顎をわずかに引いた。

彼女の身長は一六五センチぐらいだ。艶のある黒い髪が肩にかかっている。やや大きめな黒いバッグを胸に押しつけた。くっきりとした目はあきらかに怯えていた。

「あなたはかならず帰ってくると思った」

道原がいうと、彼女は上目使いになった。髪が前に寄って、顔を細くした。

「長野県警豊科署の者です。あなたにぜひともききたいことがある」

道原は手帳を示した。「なにかを取りにきたんですか?」

彼女は首をゆるく横に振った。

彼女を張り込んでいた車に乗せ、野方署へ連れていった。そこであらためて、氏名、生年月日、本籍、住所を確認した。門倉好枝は低い声だが正確に答えた。

彼女を築地署へ移送した。同署では、十月五日夜のビル火災のさい、どのようにして脱出したのかをきき、なぜすぐに帰宅しなかったのかをきいた。

彼女は、火災発生を知ると何人かと一緒に非常階段を下りた。火や煙が恐くて夢中で逃げ、ホテルに着いた。ショックのせいか身動きできない状態だったので、そのホテルに三泊した。自分でもよく分からないが、帰宅するのがいやで、ウィークリーマンションを借り、そこに寝泊まりしていた、と答えた。

風間刑事は、彼女の部屋をしらべたことをいわず、今日まで何回か自宅に帰ったのではないかともきかなかったという。彼女は火災発生の原因とは無関係とみられたからである。

道原は取調室で好枝と向かい合った。初めて会ったときのように頬を引きつらせてはいなかった。目を伏せた化粧っけのない顔は、どこかもの寂しげである。

伊戸井宗一を知っているか、と道原はきいた。

好枝は俯いたまま十数分返事をしなかった。

「四年前の十月四日、あんたと妹さんの葉子さんは、常念小屋に泊まった。次の日は蝶ケ岳ヒュッテまで縦走することにして常念小屋を発ったが、途中で葉子さんが足に怪我をして歩けなくなった。折から雨が降っていた。あんたは縦走コースを通りかかる登山者を待っていたが、誰もやってこなかった。それで森林帯に避難し、一夜をすごした。次の日、縦走コースで通りかかる登山者を待っていた。そこへ男性の三人パーティーがやってきた。葉子さんは彼らに背負われて、蝶ケ岳ヒュッテに運ばれた。冷たい雨に濡れたために、葉子さんは危険な症状になっていた。長野県警のヘリコプターによって松本市内の病院へ運ばれたが、すでに手遅れで、葉子さんは亡くなった。……その記録がうちの署に残っている。あんたたちは不運だったし、葉子さんは気の毒だった……」

道原が言葉を継ごうとすると、好枝は大粒の涙をこぼし、両手で顔をおおって泣きはじめた。腹から絞り出すような声になった。いままで抑えていたものが堰《せき》を切って流れ出したようだった。両手を顔に当てたまま、机に伏した。

道原と伏見は、彼女の波打つ背中をしばらくのあいだ見つめていた。

三十分ほどすると、彼女は顔を上げた。目は真っ赤だった。涙は頬を伝っていた。

「すみませんでした」

彼女はしゃくり上げながらいった。

「私たちは、燕岳で殺害された伊戸井宗一さんの事件を調べている。分かっているね？」

彼女は目を瞑《つむ》ってうなずいた。

道原は椅子を立ち、刑事課から四賀課長に電話し、門倉好枝を署に連行することを伝えた。


特急列車が松本に着いたのは午後九時半近くだった。ホームに署員が待ちかまえていた。女性警官が好枝の腕を摑んだ。

好枝を乗せた車を二台がはさんで豊科署へ急いだ。

署に着き、車を降りると好枝は頭を強く振り、空を仰いだ。頭上にきらめく星を眺めているようだった。

彼女をいったん取調室に入れた。昼間会ったときよりもいくつか歳を重ねたように見えた。

道原は好枝に、連絡をしておく必要のある人はいるかときいた。

「ありません」

彼女は目を閉じて答えた。

彼女に対する本格的な取調べは、あすの朝からということになった。

道原は、札幌市にいる牛込多美子を思い出したが、彼女に知らせるのはあす以降にすることにした。

32

翌朝、蒼白い顔をした好枝を取調室で迎えた。昨夜はよく眠れたかと道原がきくと、三、四時間は眠った、と彼女は答えた。

「刑事さん。常念岳はどちらですか？」

好枝は唐突にきいた。

道原は自分の背中のほうを指差した。

「東京は、どちらでしょうか？」

今度は彼女の背中に当たるほうを教えた。

彼女は、毎朝拝んでいるので、といって立ち上がった。常念岳のほうへ手を合わせ、背中を向けるとまた手を合わせた。

「葉子さんに？」

「葉子と両親にです」

彼女は腰掛けた。背筋がすくっと伸びて姿勢がいい。けさの彼女は髪を後ろで結えていた。面長で、顎がかたちよい線をつくっている。鼻筋は細くとおって高かった。

道原は、四年前の十月五日の出来事からきくことにした。山岳救助隊が保存している記録と、事実はちがうのではないかと追及した。

彼女は、視線の先を机の中央あたりに置いて話しはじめた。

――四年前の十月四日、好枝と葉子は一ノ沢に沿って常念小屋へ登った。前の年に好枝は葉子を初めて山へ連れていった。葉子はよろこび、毎年山に登りたいといったものだった。好枝は数年前に登った常念岳からの大パノラマを思い出して、常念から蝶への縦走を決めたのだった。

常念小屋で夕食のあと、あすの天気予報をきいた。午後から雨になるらしいといわれた。

五日の朝は曇っていた。山小屋を早く発って蝶ケ岳ヒュッテに正午前には着くことにした。葉子に槍から穂高にかけての大パノラマを見せるのは六日でもよいと思った。山小屋を出て二時間半ほどすると、小雨が降りはじめた。二人は雨衣を着て、足を早めた。薄い霧が湧き、山が暗くなった。二人の前を歩いている登山者はいなかった。

好枝が最も怖れていたことが起こった。葉子が岩の突起につまずいて転んだ。彼女は倒れたまま右足を押さえ悲鳴を上げた。しばらくじっとさせていたが、足の痛みはおさまらないといった。霧が濃さを増してきた。葉子に予備のセーターを重ね着させた。

　この稜線コースにいるかぎり、かならず通りかかる登山者がいるはずだった。常念小屋を発つ前、蝶へ向かうという男の話し声をきいていた。逆コースを歩いてくる人もいるだろうと思った。

　好枝の期待は当たっていて、常念方面から男が一人やってきた。彼女は妹の足の怪我を男に話し、蝶ケ岳ヒュッテへ行くのかときいた。男は、横尾へ下るのだと答えた。好枝は男に向かって手を合わせ、妹を近いほうの山小屋へ運んでくれるか、さもなくば山小屋へ救助要請をしてもらいたいと頼んだ。

　しっかりした雨衣を着たその男は、かぶっていたフードを取ると、あとから三人パーティーがやってくるから、その人たちに頼みなさい、といった。『まちがいなく三人パーティーはきますか?』好枝はきいた。『きますよ。もうじきくるはずです』と男は答えた。好枝は男に、三人パーティーに救助を頼むが、念のために蝶ケ岳ヒュッテに、怪我人がいることを告げてもらいたいといった。『三人パーティーはかならずきます。その人たちに頼みなさい』男はそういうと、フードを目深にして蝶のほうへ歩きだした。好枝は唇を噛んだ。単独行の男の姿はたちまち霧の中に消えた。

　好枝は耳をすまし、北側から足音の近づいてくるのを待った。が、三十分経っても一時間経っても、三人パーティーはおろか一人もやってこなかった。葉子は寒さに歯を鳴らせて好枝にしがみついた。

好枝は、単独行の男が消えた蝶のほうをにらんだ。雨と霧で、もとより視界はきかなかった。横尾へ下るといったあの男は、蝶ケ岳ヒュッテへ寄って、怪我人がいることを告げるのが面倒だったのだ。だから間もなく三人パーティーがくるなどといったにちがいない。

好枝は震える手で、「ここの西側の森林に怪我人がいます。どうか助けてください」とメモを書き、透明のポリ袋に入れ、それに石をのせて砂礫《されき》の径に置いた。

葉子の肩を抱いて、少しでも雨を避けられる森林帯に避難した。枯れ落ちた枝を集めて葉子を囲い、その上にこうもり傘を広げた。

日が暮れた。稜線コースに置いたメモはなんの役にも立たなかった。

寒さに葉子は震えつづけているが、額は火のように熱かった。ザックから物を出し、その中に足を入れさせた。雨は雪になるかと思うくらい冷たかった。『葉子』好枝は何度も呼びかけた。チョコレートを口に入れてやったが、葉子は苦しげな声とともに吐き出した。

夜の訪れとともに雨はやんだ。漆黒の闇の中できこえるのは、枝から落ちる雫《しずく》の音だけだった。

好枝は、昼間通りかかった男の姿を思い出した。あの男が蝶ケ岳ヒュッテまで足を伸ばし、怪我人がいることを告げてくれていれば、いまごろ葉子は、山小屋の布団に寝ていられたのだ。あの男は、横尾への分岐点と蝶ケ岳ヒュッテを往復するたった四十分のロスを惜しんだのだ。いまにも三人パーティーがやってくるなどといったのは、嘘だったのだ。三人パーティーなど初めから存在しなかったにちがいない。男は、自分がどこの何者かを知られていないのだから、怪我人と怪我人を抱えている登山者がどうなろうと、そんなことはかまわないと思っていたのだろう。もともと思いやりのない人間で、弱者に手を貸そうという心持ちのない冷徹な男だったのだ。

いまごろあの男は、横尾山荘の布団にくるまって、夏の花畑を歩いているような夢を見ているのではなかろうか。好枝は歯ぎしりし、葉子の熱い額に頬をつけた。

葉子は朝方、咳をしはじめた。

夜明けを待って、好枝は稜線に登った。好天のきざしのあるきょうこそは通りかかる登山者がいるはずだった。きのうの男のような薄情な人間ばかりではないだろうと思った。

二時間ほど待っていると、北側から靴音が近づき、男の三人パーティーがやってきた。岩に寄りかかっていた好枝を見つけた三人は、駆け寄ってきた。彼女は涙があふれた。

好枝から事情をきいた三人は、葉子を背負い、蝶ケ岳ヒュッテへ運んでくれた。

山小屋からの通報で、長野県警のヘリが到着し、葉子とともに好枝も松本市内の病院へ運ばれた。すでに葉子の意識はなかった。応急手当てを受けたが、彼女は好枝の呼びかけにも反応せず、その日のうちに息を引き取った。

次第にぬくもりの冷めていく葉子の手を握っているうちに、またも単独行の男の姿が大映しになった。あの男が、蝶ケ岳ヒュッテに一言声をかけてくれていれば、葉子はこんなことにはならなかったのだ。悔しい。あの男が憎い……。好枝は葉子のむくろに顔を押しつけた。

好枝は、単独行の男の名前と住所を知りたかった。生命《いのち》をかけてでも、あの男をさがし出したかった。

彼女は、毎朝、毎晩、葉子の位牌に手を合わせるたびに、例の男に対する復讐を誓った。絶対にさがし当ててやる、と位牌に向かっていった――

「あんたは、勤めていたクラブの客の話をヒントにして、去年の六月、常念小屋へ登ったね？」

道原はきいた。

「登りました」

好枝は頭を動かさず答えた。

「その目的は、三年前の十月四日に泊まった単独行の男の氏名と住所を知るためだったね？」

「はい。山小屋のご主人にお願いして、宿泊カードを見せていただきました」

「その日泊まった単独行の男は一人ではなかったはずだが？」

「三人いましたが、十月五日に常念小屋から横尾へ下ると記入してあるのは一人だけでした」

「それは、なんという人だった？」

「伊戸井宗一です」

彼女は敬称をつけなかった。

「葉子さんが怪我をした日に、縦走コースを通りかかったのは、伊戸井宗一さんにまちがいなかったかね？」

「宿泊カードの記入事項を控えて帰ってから、わたしのさがしていた人にまちがいないかどうかを、確かめました」

「どんなふうに？」

「板橋区の住所から伊戸井は移転していましたが、新しい住所を調べて、本人を見に行きました。顔立ちも覚えていましたし、歳格好も体格も、山で出会った人に合っていました」

彼女は、住まいを出て勤務先へ向かう伊戸井を尾けたという。

「伊戸井さんの勤務先も知ったんだね？」

「はい」

「山で、救助要請をきき入れてくれなかった男は、伊戸井宗一さんにまちがいないと確信したんだね？」

「まちがいなく彼でした」

「それを確認して、どうしようと思った」

「葉子を失ったわたしの恨みを、いつかは晴らそうと考えていました」

「東京で伊戸井さんを見たのは、一回だけ？」

「五、六回見ました。住所を移っていないかを確かめるためでした」

「どうやって恨みを晴らすつもりだった？」

「葉子と同じように、山で苦しい目に遭わせたかったのですが、伊戸井がいつ山に登るか分かりませんので、それは不可能と思いました」

「それで？」

「東京で、すきをみて、殺そうと考えました」

「どういう方法で？」

「駅のホームで、電車を待っているとき、線路に突き落とそうと考えました」

「実行しようとしたのかね？」

「すきがなくて、やれませんでした」

彼女は少しも顔色を変えず、無表情のまま答えた。

33

次に、去る十月五日の夜、銀座のビル火災現場から消息を絶つことになった経緯を質問した。

好枝は胸を押さえ、そっと撫で下ろした。

女性警官がお茶を持ってきた。好枝は一礼してそれを一口飲んだ。

――銀座のクラブ・オリーブで働くようになって、間もなく二年になる十月五日の午後九時ごろ、週に一度は飲みにくる古屋という男が現われた。

古屋はいつも独りでやってくる。ホステスを見下げているのか、やや乱暴な口の利きかたをし、態度は横柄だった。好枝は何度も彼の席についたことがあるが、酔うにつれて声が高くなり、粗野な態度を露わにするので、彼女は彼を苦手にしていた。

その夜の彼は珍しく二人連れだった。連れの男は、古屋の背中に隠れるようにして入ってきた。

従業員の全員が一斉に、『いらっしゃいませ』といった。好枝もいって、古屋の連れの顔を見たとたんに、思わず声を上げそうになった。その男が伊戸井宗一だったからである。人ちがいではないかと、彼女は斜め前の席から古屋に並んですわった男を観察した。紛れもなく伊戸井だった。

彼女は落ち着けなくなったが、客の水割りをつくりながら、伊戸井のようすをちらちらと窺っていた。

古屋は豪快に飲んでは、赤い口を開けて笑っていたが、伊戸井は酒が強くないのか、グラスを舐めるようにしていた。

古屋の高い声が、好枝のいる席まできこえるようになった。彼は連れの男を、『イトイ』と呼んだ。その声を好枝は何度もきいた。

古屋たちがきて一時間ほどたったとき、伊戸井が入り口に近いトイレに立った。彼がトイレから出てきたときである。『火事だ』という声がドアの外からきこえた。好枝は反射的に席を立った。『火事だ』の声を、伊戸井もきいたらしく、彼はドアを開けた。好枝は彼を追うようにドアに走った。

階段を煙が薄く這っていた。伊戸井は振り返ると、『非常口はどこ?』と、好枝にきいた。好枝は非常階段へのドアを開けた。階段を何人もが下りているのが見下ろせた。

『早く逃げよう』伊戸井は好枝の手を取った。好枝はドレスの裾を片手で摘まみ上げ、片手を伊戸井に支えられて、鉄の階段を下りた。四階付近では飛び出してきた男女に揉まれる格好になった。

地上に下り立った。なぜなのか伊戸井は好枝の手を放さなかった。見上げると、五階付近の窓から黒い煙が噴き出していた。

伊戸井は好枝の手を固く握ったまま、荒い呼吸をしてしばらくビルを見上げていた。彼の目は涙をにじませているように光っていた。

道路に人が寄り集まってきて、『火事だ』『火事だ』と口々にいった。走ってくる人もいるし、白いドレスの裾を摘まんで逃げ去る女性もいた。

ビルの窓から炎の赤い舌がのぞきはじめた。煙は壁を伝っていた。『逃げよう』伊戸井は好枝の手を強く引いた。

広い道路に出たところで、タクシーを拾った。乗り込んだが、好枝は胸苦しさを覚え、片手で胸を押さえ、片手を口に当てた。赤い炎と黒い煙を見たショックがおさまらず、苦《にが》い液を吐いた。

伊戸井は、赤坂のホテルの前で車をとめた。彼はそこでも好枝の手を握り、ラウンジに入った。

『もう心配ないよ。ひどい目に遭ったね』彼はやさしげにいって、水を飲んだ。好枝も片手を胸に当てながら、水を飲んだ。

伊戸井はコーヒーを頼んだ。好枝も同じ物にしたが、二人ともそれには口をつけなかった。

伊戸井は宙をにらんで口を利かなかった。横にいる好枝が誰なのかは意識の中にないようだった。

『彼は逃げられなかっただろうな』彼は宙をにらんだまま、うわ言のようにつぶやいた。『彼』とは古屋のことにちがいなかった。

好枝はそこではじめて、店の客と従業員のことに思いがおよんだ。全員逃げ出すことができたかどうかが気がかりだった。

伊戸井はまだしばらくのあいだ口を利かなかったが、『ぼくはスズキという者です』と名乗った。

『ヨウコです』彼女は小さな声で答えた。

彼は彼女の名を覚えたかどうか、首を動かさなかった。

『この機会にぼくはこの世から消える。ぼくと一緒に逃げたことは誰にも話さないでもらいたい』彼は水を飲み、『あなたはどうする?』ときいた。『わたしも、この世から消えたい』好枝は彼の横顔にいった。

ラウンジが閉まる時間になった。伊戸井は最上階のバーへ好枝を誘った。

二人は深夜まで営業しているバーのカウンターに並んだ。伊戸井は、好枝がきいたわけでもないのに、母と妹がいると、簡単に身の上を語った。

好枝は無関心をよそおいながら、彼の話に耳を傾けていた。彼は何日か後に北アルプスに登るといった。彼女は、山を知らないふりをした。『北アルプスって険しくて、誰もが登れる山じゃないのでしょ?』彼女はきいた。『いや。健康な人なら誰でも登れる。何年か前には七十半ばの男の人に、穂高の山小屋で会ったことがあります』

好枝は、なにも持っていないから、お金を貸してもらえないかといった。

彼は五万円を財布から出し、『ほんとうに家には帰らないのか?』と念を押すようにきいた。

好枝は、『帰らない』と答えた。彼女はそのホテルの部屋を取った。

伊戸井もべつの部屋を取った。

好枝は彼のケイタイの番号をきいて、メモに控えた。いったん部屋に入ってからホテルを抜け出し、タクシーで自宅のマンションに帰った。預金通帳と着る物を四、五点、紙袋に入れて、ホテルにもどった。

朝、テレビを観ると、トップニュースは銀座のビル火災だった。三十人以上が死亡し、行方不明者も数人いると報じた。

昼すぎ、伊戸井のケイタイに電話すると、彼はホテルのレストランにいた。昨夜と同じ服装の彼は、黒いセーターにブルーのジーパンを穿いた彼女を見て、帰宅したのか、ときいた。

彼女は首を振り、けさ、近くの店で買ったのだと答えた。

『あなたはどうして、この世から消えるの？』

彼はきいたが、彼女は理由を話すわけにはいかないといった。

『誰にも、人に話すことのできない事情はあるものなんだね』

彼は顎の無精髭《ぶしょうひげ》を撫でた。『これからどうするの？』

『当分のあいだウィークリーマンションにでも入るつもりです』

『ウィークリーマンションか。ぼくもそうしようかな』

彼は銀行名の入った水色の封筒を彼女の前に置き、当座の費用にしなさいといった。

彼女は、借りておく、といった。中身は三十万円だった。

毎日一回、電話してもいいか、と彼女がきくと、『してください』と、彼は目を細めた。

好枝は、高田馬場に適当なウィークリーマンションを見つけた。ベッドも冷蔵庫もテレビもある。マンション内にコインランドリーがあった。

その後、彼女は三日つづけて伊戸井に電話した。

彼も、ウィークリーマンションに落ち着いたということだった。

『山へいらっしゃると、ケイタイが通じなくなるのではありませんか？』彼女はきいた。

『通じないでしょうね。でも山にいるのは二日間ぐらいだから』彼は答えた。

彼女は、なんという山へいつ登るのかときいた。

十月十四日に燕岳に登る、と彼は答えてから、永久にこの世から姿を消し、これまでの知り合いとは二度と会わないのか、ときいた。

『そうです』彼女はきっぱりと答えた。

『まさか、死のうというんじゃないだろうね？』

『分かりません。そうするかもしれません』

『あなたは若くて、きれいなのに……。ぼくにはどうしてもやらなくてはならないことがある』

『わたしにも、やらなくてはならないことがあるのです』

好枝は、人目をしのんで自宅のマンションに帰り、ザックに山靴やダウンジャケットや毛の厚い靴下や手袋を詰めてもどった。

銀座のビル火災のニュースはテレビで毎日やった。三十四人が死亡し、四十五人が怪我をし、二人が行方不明になっているということだった。行方不明者は「スズキ」

と自分のことにちがいなかろうと思った。

好枝は、十月十三日にも伊戸井に電話した。

『スズキさんは、あしたから登山ですね？』

『そうです』

『いってらっしゃい』

電話を切ると、好枝は登山装備を再点検した。

翌十四日の朝、新宿から南小谷《みなみおたり》行きの特急に乗ることにした。伊戸井も同じ列車で穂高まで行くはずだったから、彼女は三十分前にホームに着き、売店の脇でホームに並ぶ乗客を観察していた。

はたして発車十五分前、伊戸井は大型ザックを背負ってホームに立った。彼の山行は嘘ではなかった。装備のすべてが新しく見えた。

列車は定刻どおり穂高に到着した。彼が駅前で中房温泉行きのバスに乗り込むのを確認すると、彼女はタクシーに乗った。中房温泉で降り、後ろを振り向きながら約三時間で合戦小屋に着いた。途中、登る人に追い抜かれたし、下ってくる人とすれちがった――

34

好枝は冷めたお茶を飲むと、目を瞑った。

道原は質問せず、彼女が目を開けるのを待った。

彼女は気を鎮《しず》めるように五、六分してから、深く呼吸して自供をはじめた。


――伊戸井は高曇りの空の下を、好枝より三十分ほど遅れて合戦小屋に着いた。

彼女は隠れて、彼が歩きはじめるのを待った。

彼は十分と休まずザックを背負い上げた。彼の一〇〇メートルほど先を、二人連れと四人パーティーが登っていた。

彼女は彼を尾けた。彼は今夜、燕山荘に泊まるのだろうと思った。山行は二日間だといっていたのに、ザックの大きさが彼女の目には意外に映った。

彼女の予想ははずれていた。伊戸井は燕山荘を左目に入れて北へ進んだ。すでに東側は黒い影になり、信濃富士の別名をもつ有明山は低く見えていた。

好枝は岩塔の陰に身を低くしては伊戸井を追った。

伊戸井は、燕岳山頂に近い岩と岩のあいだにザックを下ろした。岩陰は暗くなっていた。彼はツエルトを張った。

彼女はチャンスの到来を知った。彼に接近して、すきがあったら岩片で頭を殴ることにした。だが彼は、一夜の館をこしらえながら、あたりを警戒するようにきょろきょろと見まわすのだった。そのため彼女は近づくことができなかった。

完全に日が暮れた。冬のように寒い夜が訪れた。彼女にはツエルトがない。もしも雨に降られでもしたら、葉子の二の舞になりそうな気もした。

薄かった星の光が濃くなった。天候には恵まれたが、風の冷たさに歯が鳴った。伊戸井のツエルトは闇に溶けて、どこに存在するのか見えなくなった。彼女はじっとしていられなくて、足踏みした。予備に持ってきたセーターを着込み、長いマフラーを何重にも巻いた。動くと砂礫が鳴り、伊戸井に気づかれそうな気がした。

彼は単独で、燕岳で幕営するのが目的で登ってきたのだろうか。それにしてはツエルトに灯りがつかなかった。炊事をすれば薄布が明るくなるはずだった。

彼は二日間の日程だといっていた。それなら一泊して、あしたは下るのだろう。山中にいるかぎり、かならず彼を始末できるチャンスはあるはずだった。

好枝は夜明けを待つことにした。暗闇の中では失敗しそうな気がしたからだ。岩にしがみついたり、ザックを強く抱いたりして朝を待った。

星の光が萎《しぼ》み、空が白んできた。彼女は岩のあいだを這うようにして、伊戸井のツエルトに近づいた。が、彼女は、あっと声を上げそうになった。

彼はツエルトのファスナーを半分ほど下ろして、そこから双眼鏡で山小屋のほうをのぞいているのだった。まるで好枝の接近を警戒しているようであった。彼女は動けなくなった。彼の視界に入ったなら、逆に殺されそうな気がした。もしかしたら彼は好枝の正体をとうに見抜いていて、山へおびき寄せたのではないかという思いにとらわれ、あらたな身震いが起こった。

伊戸井はツエルトをたたんだ。なにかをかじりながら、身支度をととのえ、岩陰にしゃがんだ。

午前五時少し前だった。好枝は右の耳に靴音をきいた。斜面の下のほうを見ると、登山者が二人やってくるのが目に入った。二人とも男だった。二人の話し声もきこえた。

二人の男は、彼女が隠れている岩の向こうを登った。彼女は胸に手を当て、息を殺した。

伊戸井が岩陰で動いた。きらりと光る物が見えた。彼はたったいま通りすぎた二人を追うように、姿勢を低くして山頂のほうへ歩いた。彼が手にしている物がナイフだと知ると、彼女の鼓動は岩山に響くかのように高く鳴った。彼が、『この世から消え』『どうしてもやらなくてはならないこと』はこれだったのか。

彼女は岩陰にザックを置くと、山頂へ近寄った。と、そのとき、男たちの叫び声がきこえた。なにをいい合っているのかはききとれなかったが、男たちは明らかに争っていた。

数分後、男が二人駆け下ってきた。二人はふらつくような足取りで、ザックを揺すって岩塔を縫って見えなくなった。その下りかたは普通の登山者のものではなかった。非常事態が起こったといっているようだった。

好枝は岩に手をかけながら登った。岩のあいだに山靴が見えた。それがずるっ、ずるっと動いた。やがて男の全身が現われた。伊戸井だった。彼は砂礫に横になり、腹を両手で押さえて苦しがっていた。たぶん三、四分のあいだだと思うが、彼女は芋虫のように動く伊戸井を見つめていた。さっき彼女の目に入った彼は、光ったナイフを片手にしていた。山頂へ登ってゆく男の二人連れをじりじりと追っていた。その彼が岩のあいだに倒れ、腹を押さえて悶絶している。

彼女は事態を呑み込んだ。伊戸井は二人の男にナイフを持って襲いかかったのだが、気づかれて逆に殴り倒されたのだ。彼は二人の男を殺そうとしたのだろう。だが腰がひけていたのか、殺害に失敗したのにちがいなかった。二人連れは、伊戸井を殴るか蹴るかして倒し、逃げ下ってしまったのだ。

横たわっている伊戸井は醜かった。ボサボサに逆立った髪は風に掻きまわされていた。立ち上がろうとして、黒い手袋で砂を掴んだ。両手を突き、ようやく腰を上げた。三メートルほど先に転がっているザックへ這い寄るつもりらしかった。

好枝は、無意識のうちに岩片を掴んでいた。神が与えてくれた好機の訪れを知った。四年間の宿怨《しゅくえん》に火がついた。風が鳴って背中を押した。彼女は人頭大の岩を、寝起きの悪い横着者のような格好の伊戸井の背中に落とした。

『ううっ』蛙のように這っていた伊戸井は腹をついた。唸《うな》りながら横になり、仰向《あおむ》いた。薄目を開けた。『あ、あんたは……』喉を絞ってそういった。

『四年前、わたしはあなたに妹を殺された女よ』好枝は彼の背中に一撃を加えた岩を掴み上げた。

伊戸井は口を開け、力のない声で叫んだ。その腹に岩を叩きつけた。彼は開けた口から血を吐いた。

彼女は顔を潰してやりたかったが、さらに掴み上げた岩を彼の腹に叩きつけた。彼は、カッと目を開けた。一瞬だったがその瞳に空の色が映った。

彼女は、彼を殴りつけた岩を拾い上げると、急斜面へ投げた。乾いた音が何度かした。

動かなくなった伊戸井の肩のところにナイフが落ちていた。彼女はそれを拾うと、明るさの差してきた空へ向かって放り投げた。ナイフは鋭く風を裂く音をさせただけで見えなくなった――

好枝は、話し終えると頭を下げた。

「ビル火災のあと、伊戸井さんは、あんたに親切にしてくれたようだった。その彼を見て、恨みはやわらいだんじゃないのかね？」

道原は、かたちのよい曲線を描いている彼女の顎を見ていった。

「わたしには、彼の親切は信用できませんでした。彼がどんなことをしてくれようと、わたしは彼を許すことはできませんでした。……わたしは子供のころ、働くことのきらいな父を見て育ちました。父の働きが足りないために母が苦労しているのを知っていました。けれども、父はわたしたちにやさしい人でした。成長してから、男性と知り合いましたが、父のようなやさしさのある人には出会えませんでした。なかでも、伊戸井のような冷酷な男に会ったことはありません。彼の親切や、やさしげで人当たりのよさは上辺《うわべ》だけで、根は氷のように冷たい人間なのです。四十何年間、自分を守るために、人当たりのよさを演じてきた男です」

「そういう人は世間にいるものだよ」

「同じような性格の人はたくさんいると思います。でも十月の北アルプスで、しかも雨の日に足を怪我して歩けなくなった登山者を見ながら、救助要請をほかの人に頼めという人は、めったにいないはずです。あのときわたしは、伊戸井に向かって膝を突いて手を合わせ、蝶ケ岳ヒュッテには連絡してくださいとお願いしました。それを彼は振り切って行ってしまいました」

「その男が伊戸井さんだと分かった段階で、彼に会って話してもよかったと思うが」

「わたしも、人のことを非難するほど出来た人間ではありませんし、寛容でもありません。……この四年のあいだ、葉子を死なせたことに対する復讐しか考えていませんでした」

「ビル火災のあと、あんたは何回か自宅に出入りはしたが、正式には帰らなかった。どうしようと考えていたんだね？」

「火事の夜、伊戸井に会わなかったら、帰っていました。さいわい無傷でしたから、いまごろはべつの店で働いていたでしょう。彼に対する復讐を終えたあと、その先のことは考えるつもりでした」

彼女はわずかに眉を寄せた。その瞳は寂しげな色を宿していた。

道原は好枝に、連絡しておく人はいないのかとあらためてきいた。

昨夜と同じように彼女は目を閉じ、首を横に振った。

道原は札幌市にいる牛込多美子に電話した。好枝の犯罪と自供を説明した。

多美子は、悲鳴に似た声とともに泣きはじめた。

三日後、豊科署に門倉好枝宛の小包が届いた。差出人は牛込多美子で、中身は木綿の下着類だった。その荷物には手紙が添えてあり、「わたしが必要なときは、いつでもいいから知らせて欲しい」と書いてあった。

道原はあとで留置係にきいたが、好枝は多美子からの手紙を何度も読み直していたという。

本書は二〇〇五年四月に光文社より刊行された『殺人山行 燕岳』を改題し、大幅に加筆・修正しました。

なお本作品はフィクションであり、実在の個人・団体などとは一切関係がありません。

文芸社文庫

燕岳　殺人山行

二〇一五年四月十五日　初版第一刷発行

著　者　梓林太郎
発行者　瓜谷綱延
発行所　株式会社　文芸社
〒一六〇－〇〇二二
東京都新宿区新宿一－一〇－一
電話　〇三－五三六九－三〇六〇（編集）
〇三－五三六九－二二九九（販売）

印刷所　図書印刷株式会社
装幀者　三村淳

ISBN978-4-286-16412-0

蒼龍の星㊤　若き清盛
篠　綾子
三代と名づけられた平忠盛の子、後の清盛の出生の秘密と親子三代にわたる愛憎劇。やがて「北天の王」となる清盛の波瀾の十代を描く本格歴史浪漫。

蒼龍の星㊥　清盛の野望
篠　綾子
権謀術数渦巻く貴族社会で、平清盛は権力者への道を。鳥羽院をついで即位した後白河は崇徳上皇と対立。清盛は後白河側につき武士の第一人者に。

蒼龍の星㊦　覇王清盛
篠　綾子
平氏新王朝樹立を夢見た清盛だったが後白河との仲が決裂、東国では源頼朝が挙兵する。まったく新しい清盛像を描いた「蒼龍の星」三部作、完結。

全力で、1ミリ進もう。
中谷彰宏
「勇気がわいてくる70のコトバ」――過去から積み上げた「今」を生きるより、未来から逆算した「今」を生きよう。みるみる活力がでる中谷式発想術。

贅沢なキスをしよう。
中谷彰宏
「快感で生まれ変われる」具体例。節約型のエッチではなく、幸福な人と、エッチしよう。心を開くだけで、感じるような、ヒントが満載の必携書。